कुछ पल हँसी के संग

कुछ पल हँसी के संग

बेहतरीन चुटकुलों का शानदार संग्रह

अशोक साहनी

Sarvatra
An imprint of Manjul Publishing House

Sarvatra
An imprint of Manjul Publishing House
◆ द्वितीय तल, उषा प्रीत कॉम्प्लेक्स,
42 मालवीय नगर, भोपाल-462 003
◆ 7 / 32, भू तल, अंसारी रोड, दरियागंज, नई दिल्ली-110 002
वेबसाइट : www.manjulindia.com

यह संस्करण 2018 में पहली बार प्रकाशित

कुछ पल हँसी के संग

ISBN 978-93-87383-99-9

मुद्रण व जिल्दसाज़ी : गोपसंस पेपर्स लिमिटेड

अशोक साहनी इस पुस्तक के
लेखक होने की नैतिक ज़िम्मेदारी वहन करते हैं

मेरे मित्र

जोगिंदर सिंह (भूतपूर्व निदेशक, सीबीआई)

को समर्पित

लेखक के बारे में

SWISS®
MILITARY

भारतीय घड़ी उद्योग में अशोक साहनी एक जाना-माना नाम हैं। उनमें उद्यमशीलता के अलावा और भी उल्लेखनीय गुण हैं : वे बहुभाषी हैं और बेहतरीन उर्दू शायरी लिखते हैं।

मशहूर उद्योगपति अशोक साहनी ने स्विट्ज़रलैंड स्थित लेंगेन्ड्रॉर्फ़ वॉच कंपनी में अनुभव पाने के बाद 1970 में भारत में अपनी पहली कलाई-घड़ी निर्माण इकाई की स्थापना की। एक सच्चे राष्ट्रवादी की तरह उनका मक़सद आयात पर निर्भरता घटाना था। आज उनकी पांच घड़ी निर्माण इकाइयों में 2,000 से अधिक कर्मचारी काम करते हैं। अशोक स्विट्ज़रलैंड के लक्ज़री रिटेल ब्रांड *स्विस मिलिट्री* के ग्लोबल प्रेसीडेंट हैं, जो दुनिया के 15 देशों में अपने उत्पादों की बिक्री करती है। उन्हें देश के आर्थिक विकास में योगदान के लिए 2002 में इन्स्टीट्यूट ऑफ़ ट्रेड ऐंड इंडस्ट्रियल डेवलपमेंट द्वारा 'उद्योग पत्र सम्मान' दिया गया। उन्हें 2012 में भारत के प्रमुख घड़ी जर्नल *ट्रेड पोस्ट* द्वारा 'लाइफ़टाइम अचीवमेंट अवॉर्ड' से भी नवाज़ा गया।

2016 में वर्ल्ड बिज़नेस कॉन्क्लेव हांग कांग ने उत्कृष्ट नेतृत्व के लिए उन्हें प्रतिष्ठित 'ग्लोब प्लेटिनम अवॉर्ड' से सम्मानित किया, जबकि उनके ब्रांड *स्विस मिलिट्री* को नामांकित 101 ब्रांड्स में एशिया का उभरता हुआ श्रेष्ठ ब्रांड घोषित किया गया। ये सम्मान थाईलैंड की क्राउन प्रिन्सेस डॉ. मॉम लुआंग राजदर्शी जयांकुरा द्वारा प्रदान किए गए।

अशोक सात भाषाओं में प्रवीण हैं। उनकी उर्दू शायरी व्यापक रूप से सराही गई है और उसने सम-सामयिक उर्दू शायरों और प्रमुख मुस्लिम विश्वविद्यालयों के बीच समान रूप से जगह बनाई है। वे *सुरभि सुमन : ख़ुशबू-ए-चमन* के रचयिता हैं, जो देवनागरी तथा उर्दू लिपि में क्लासिक उर्दू शायरी का संकलन है। उन्होंने *'क्या, क्यों, कैसे?'* (अंग्रेज़ी में *Why?*) भी लिखी है, जो भारतीय रीति-रिवाजों से संबंधित प्रश्नोत्तरों का संकलन है। इसके अलावा *'पर्ल्स ऑफ़ विज़्डम'* भी उन्हीं की कृति है जो बुद्धिमत्ता से पूर्ण उद्धरणों का संग्रह है। साहिर कल्चरल एकेडमी द्वारा उर्दू शायरी में उनके योगदान के लिए उन्हें 'अदीब इंटरनेशनल अवॉर्ड' से सम्मानित किया गया है।

वे अपनी सामाजिक ज़िम्मेदारी को समझते हुए समस्त भारत में 200 स्कूल व कॉलेज संचालित करने वाली डीएवी सोसाइटी से जुड़कर युवाओं में गुणवत्तापूर्ण शिक्षा तथा चरित्र निर्माण को समर्थन दे रहे हैं। उन्होंने ग़ैर-लाभकारी *साथी* वृद्धाश्रम की स्थापना की है और इस हेतु नई दिल्ली के मध्य स्थित ज़मीन दान की है। विश्व विख्यात सीएसआर नेटवर्क के अंतर्गत इंडिया सीएसआर ने अशोक साहनी को उत्कृष्ट सामाजिक सेवा के लिए लाइफ़टाइम अचीवमेंट अवॉर्ड से सम्मानित किया है।

वे गुरु तेग बहादुर इंटरनेशनल ट्रस्ट के ट्रस्टी हैं और डॉ. ज़ाकिर हुसैन ट्रस्ट, अलीगढ़ के मुख्य संरक्षक हैं।

- *ashoksawhney1938@gmail.com*
- *http://www.grexoft.com/urduhaijiskanaam/Books/surbhisuman*
- *Ashok Sawhney on YouTube*

हमारी लोककथाओं और इतिहास में ऐसे सहज मज़ाक़िया और बुद्धिमान लोगों (जैसे : दरबारी विदूषकों) का ज़िक्र आता है जिन्हें तेज़ दिमाग़, हाज़िर जवाबी और ज़बर्दस्त बुद्धिमत्ता हासिल थी और जो राजनीति तथा समाज की जटिल समस्याओं को अपनी बुद्धिमानी से हल कर देते थे।

किसी तनावपूर्ण स्थिति को शांत करने का सबसे बढ़िया तरीक़ा संभवतः हास्य की फुहार छोड़ना हो सकता है। चतुर नेता किसी मुश्किल सवाल का जवाब देते समय चतुराई का इस्तेमाल करते हैं जिसका उल्लेखनीय प्रभाव होता है। कोई महत्त्वपूर्ण कॉर्पोरेट बैठक तब और अधिक प्रभावी हो जाती है जब उसमें हास्य को भी शामिल कर लिया जाता है।

तेनाली राम और बीरबल अपने आप में मिसाल हैं और हमारी पारंपरिक कहानियों का हिस्सा हैं। उनकी कहानियां जन-मानस को और उन्हें संरक्षण देने वाले शासकों को उनकी बुद्धिमानी के बारे में हैरत में डाल देती हैं।

दरबारी विदूषकों के ऐसे उदाहरण भी खूब मिलते हैं जब वे लक्ष्मण रेखा को पार कर जाते थे। ऐसा ही एक उदाहरण है, 'किसी राजा के विदूषक ने देखा कि रानी अपने शरीर के उन अंगों को दर्शाती हुई बैठी है, जिन्हें कि सामान्यतः ढंक कर रखा जाता है। उसने यह बात अपने ही ढंग से पर अहम बातों को छिपाते हुए राजा से कहने का साहस दिखाया। राजा विचलित हो गया लेकिन उसने कहा, "सामान्य तौर पर मैं तुम्हें फांसी पर चढ़ाने का हुक्म दे देता। मुझे तुम्हारे द्वारा साम्राज्य के प्रति की गई सेवाओं तथा हमेशा बुद्धिमानी दिखाने का ख़याल आ रहा है। मैं तुम्हें अपना जीवन बचाने का एक मौक़ा देता हूं। तुम्हें एक वाक्य बोलने की अनुमति होगी। यदि वह सच हुआ, तो तुम्हें फांसी दे दी जाएगी और यदि ग़लत हुआ तो तुम्हें गोली मार दी जाएगी।" विदूषक ने थोड़ी देर सोचा और कहा, "मुझे कल गोली मार दी जाएगी।" राजा क्या निर्णय करे इस सोच में पड़ गया। यदि यह फ़ैसला लिया जाता है कि कथन सच है, तो विदूषक को फांसी देनी होगी न कि उसे गोली मारी जाएगी। लेकिन यदि यह निर्णय हुआ कि यह झूठ है, तो उसे गोली नहीं मारी जा सकेगी क्योंकि तब यह सच साबित हो जाएगा। राजा ने विदूषक को छोड़ दिया। त्वरित बुद्धिमानी से एक साहसी ज़िंदगी बच गई।

कुछ समुदायों को उन्हें निशाना बनाकर गढ़े गए चुटकुलों का मज़ा लेने का वरदान मिला हुआ है। ऑस्ट्रियाई, सिख और पारसियों का इस मामले में अनूठा स्थान है। मेरे अनुभव से मुझमें भरोसा जगा है कि जब चुटकुलों को लेकर सहिष्णुता की बात आती है तो एक समुदाय के रूप में सिख सर्वश्रेष्ठ हैं। यह उनके नज़रिए, हंसने की क्षमता और इस बात के प्रति सलामी है कि वे अपने कार्यों में बहुत बड़े हैं! कुदरती रूप में वे समुदाय की सेवा करते हैं और विपरीत परिस्थितियों में मज़ाक़ करने की अपनी क्षमता दिखाते रहते हैं। वे हमेशा सफल प्रतीत होते हैं!

दिवंगत खुशवंत सिंह अपने ज़माने के श्रेष्ठतम व्यंग्यकारों में से एक थे। एक लेखक के रूप में वे अपनी बात बेहद बुद्धिमानी और पैनेपन के साथ कहते थे। वे अपनी ही तरह के चुटकुले पेश करने में बेबाक थे। उनके चुटकुले हमेशा त्वरित सोच-विचार, बुद्धि के पैनेपन और अपने समुदाय के प्रति दरियादिली जैसे गुणों को दिखाने वाले होते थे। उनकी अपने ऊपर हंसने की क़ाबिलियत अविस्मरणीय है। वे यह कहते सुने जाते थे, 'एक व्यक्ति ने किसी बुकस्टोर में फ़ोन किया और कहा कि कृपया मुझे खुशवंत सिंह की सारी किताबें भेज दें। और हां, मुझे कुछ पढ़ने के लिए भी भेजें।'

मेरे प्रिय मित्र सरदार जोगिंदर सिंह (सीबीआई के पूर्व प्रमुख) चुटकुले सुनाने में उस्ताद थे और खुद पर हंसकर माहौल को हंसी-मज़ाक़ से भरपूर बनाए रखते थे।

खुशवंत सिंह संभवतः संता-बंता चुटकुलों की प्रेरणा थे। संता और बंता सामान्यतः प्रचलित नाम हैं और सिखों से जुड़ाव दिखाते हैं। समुदाय के सदस्यों को संबोधित करते समय रोज़मर्रा की बातचीत में हंसाने के लिए इनका इस्तेमाल किया जाता है।

श्रीमती बंता अपने नौकर पर चिल्ला रही थीं, 'बेवकूफ़! यह अंडा बेहद ठंडा है। कहीं तुमने इसे ठंडे पानी में तो नहीं उबाल दिया?'

पति-पत्नी के बीच होने वाली रोज़मर्रा की बातचीत का एक और उदाहरण लेते हैं जिसमें वे हर चीज़ में हास्य ढूंढ़ने की भावना दिखाते नज़र आते हैं। बंता एक मित्र से शिकायत कर रहा था, 'मेरी पत्नी, जो भी मैं कहता हूं, उससे कभी सहमत नहीं होती। और हमारी शादी हुए छह साल हो गए।' श्रीमती बंता ने तत्काल कहा, 'छह नहीं, हमारी शादी को सात साल हो गए हैं!'

लोगों को 'सरदारों पर चुटकुले' सुनना-सुनाना पसंद हैं। मुझे समुदाय के बारे में एक प्रसंग की जानकारी हुई। मैं इसे अपने पाठकों के सामने पेश करना चाहूंगा ताकि वे उनकी दरियादिली, सामुदायिक सेवा, देश के प्रति प्रेम और सिख होने पर गर्व के बारे में धारणा बना सकें!

पिछली छुट्टियों में मेरे कुछ मित्र दिल्ली आए। उन्होंने स्थानीय स्थलों पर घूमने-फिरने के लिए एक टैक्सी किराए पर ली। ड्राइवर एक सरदार था और लड़के तो लड़के ही थे, उन्होंने शायद उस बुज़ुर्ग व्यक्ति को छेड़ने के लिए 'सरदारजी वाले चुटकुले' सुनाने शुरू किए। लेकिन वे यह देखकर हैरान रह गए कि उस व्यक्ति पर कोई असर नहीं हुआ। दर्शनीय स्थानों का भ्रमण ख़त्म होने के बाद उन्होंने टैक्सी का किराया दिया। सरदार ने खुले पैसे न केवल लौटा दिए बल्कि उनमें से प्रत्येक को एक-एक रुपया अधिक भी दिया, साथ ही कहा, 'पुत्तरों, सुबह से ही तुम लोग सरदारों वाले चुटकुले सुना रहे हो। मैंने उन सबको सुना और मैं तुम्हें बता दूं कि उनमें से कुछ बहुत बुरे थे। तो भी मैंने उन्हें तवज्ज़ो नहीं दी क्योंकि तुम्हारी उम्र कम है और दुनिया देखनी बाक़ी है। लेकिन मेरी एक गुज़ारिश है। मैंने तुम सबको एक-एक रुपया दिया है, कृपया इसे तुम इसे इस शहर के या अन्य किसी शहर के पहले सरदार भिखारी को दे देना।' मेरे मित्रों ने बहुत बाद में बताया, 'वह एक रुपये का सिक्का हमारे पास है। हमें एक भी सरदार कहीं भी भीख मांगते नहीं दिखा।'

उनकी विश्वव्यापी सफलता का रहस्य सिखों की किसी भी काम को पूर्ण समर्पण तथा गर्व के साथ करने की इच्छा है। कोई सरदार ट्रक चला लेगा, सड़क के किनारे गैरेज या ढाबा खोल लेगा, फलों के जूस की दुकान खोल लेगा, कुछ समय के लिए बढ़ईगिरी कर लेगा लेकिन कभी भी गलियों में भीख मांगता नहीं दिखेगा। यह भारत के संदर्भ में हक़ीक़त है, सिख कुल आय कर का 33 प्रतिशत देते हैं, कुल चैरिटी का 67 प्रतिशत हिस्सा देते हैं, भारतीय सेना में उनकी संख्या 45 फ़ीसदी है, 59 हज़ार से अधिक गुरुद्वारों में हर दिन 60 लाख लोगों को गुरु का लंगर खिलाया जाता है! और वे इतना सब कुछ कुल भारतीय जनसंख्या का 1.4 फ़ीसदी हिस्सा होने के बावजूद करते हैं। वे कभी आरक्षण की मांग नहीं करते। वे हमारे लिए अनूठा उदाहरण हैं!

मार्क ट्वेन, जॉर्ज बर्नार्ड शॉ और सर विन्स्टन चर्चिल ज़बर्दस्त बुद्धिमानी और हास्यप्रियता के उदाहरण हैं। ये प्रेरणा के स्रोत भी हैं! यह पुस्तक उन महान हास्यकारों को मेरी श्रद्धांजलि है जिन्होंने मुझे खुद पर हंसने और हर चीज़ में हास्य ढूंढ़ने को प्रेरित किया।

मैं अपनी प्रिय पत्नी, सुमन का भी आभारी हूं जिसने इस संग्रह को तैयार करने में योगदान किया।

मैं प्रार्थना करता हूं कि प्रभु मुझे हास्य की समझ दे, और मुझे किसी भी चुटकुले को देखने और उसका मज़ा लेने तथा ज़िंदगी में खुशियां बिखेरने और उन्हें दूसरों तक पहुंचाने की सामर्थ्य प्रदान करे!

—अशोक साहनी

1. एक साहब ने मुंह में सिगरेट लगाई और सामने वाले व्यक्ति से पूछा, "भाई साहब माचिस है?" वो बोला, "नहीं है।"

फिर उन्होंने अपने दायें-बायें वालों से पूछा, "भाई साहब माचिस है?"

वे भी बोले, "नहीं है।"

तो साहब बोले, "रहने दो कमीनों! मैं अपनी निकाल लेता हूं!"

✻

2. एक गांव में एक व्यक्ति ने अपने पड़ोसी से पूछा, "भाई! जब आपकी भैंस बीमार हुई थी तब आपने उसे क्या दवाई दी थी?"

पड़ोसी बोला, "मिट्टी का तेल।"

वो व्यक्ति अपने घर गया, अपनी भैंस का मुंह खोला और मिट्टी का तेल पिला दिया। भैंस मर गई।

तो वो वापस पड़ोसी के घर भागा और फिर पूछा, "साहब! आपने क्या दवाई बताई थी?" पड़ोसी बोला, "मिट्टी का तेल।" वो व्यक्ति बोला, "यार! मैंने भी मिट्टी का तेल पिलाया। मेरी भैंस तो मर गई।"

पड़ोसी बोला, "भाई! मर तो मेरी भी गई थी।"

✻

3. एक गांव में नंबरदार अपने नौकर से बोला,

"ओ भाई मेरी घोड़ी कहां है?"

नौकर बोला, "हुज़ूर आपके नीचे।"

नंबरदार बोला, "वो तो हमें पता है, पर पूछ लेना अच्छा होता है।"

✻

4. एक साहब ने तांगा किया और तांगे वाले से कहा, "मुझे बहुत जल्दी से रेलवे स्टेशन ले चलो।" तांगे वाला थोड़ी दूर तांगा चलाता और हर दस क़दम के बाद उतरकर घोड़ी के सामने डांस करना शुरू कर देता। इस पर साहब बोले, "मैं तुझको बोल रहा हूं कि जल्दी है और तू घोड़ी के सामने डांस कर रहा है?"

तांगे वाला बोला, "साहब मैं तो ये शादियों वाली घोड़ी लेकर फंस गया हूं। अब जब तक हर दस क़दम के बाद डांस न करूं तो ये चलती नहीं।"

❋

5. एक पेड़ पर एक तोता तोती का जोड़ा बैठा था और तोता बड़े प्यार से तोती को चुग्गा खिला रहा था। उसके नीचे एक बूढ़ा, बूढ़ी बैठे थे। बूढ़ी ने बूढ़े से कहा, "आप तो मुझसे लड़ते रहते हो और वह तोता कितने प्यार से अपनी तोती को चुग्गा खिला रहा है।"

बूढ़ा बोला, "चुप कर पगली, वो उसकी तीसरी तोती है।"

❋

6. एक मियां-बीवी आपस में झगड़ा कर रहे थे और किसी बात पर बहस कर रहे थे तो पत्नी बोली, "यदि मैं झूठ बोल रही हूं तो मैं विधवा हो जाऊं और यदि आप झूठ बोल रहे हों तो प्रभु आपको उठा लें।"

❋

7. एक रेलगाड़ी में एक आदमी बाथरूम होकर बाहर आया तो लोगों ने देखा कि उसका पजामा पूरा गीला है। लोगों ने पूछा, "ये क्या?" तो उन्होंने जबाब दिया, "मैं क्या करता? बाथरूम में लिख रखा है कि चलती गाड़ी में शरीर का कोई अंग बाहर न निकालें।"

❋

8. एक बूढ़ा-बूढ़ी पार्क में बैठे थे कि पता नहीं बूढ़ी को क्या सूझी कि सारे कपड़े उतार कर डांस करने लगी।

तो बूढ़ा बोला, "अरे, अरे! ये क्या कर रही हो?"

वो बोली, "मैं अपने बर्थ डे सूट में डांस कर रही हूं।"

इस पर बूढ़ा बोला, "बर्थ डे सूट तो ठीक है पर प्रेस तो कर लेती। सारा सूट सलवटों से अटा हुआ पड़ा है।"

❋

9. एक बस में दो व्यक्ति आपस में लड़ रहे थे। गुस्से में एक बोला, "अगर तूने बकवास की तो मैं तेरे 34 के 34 दांत तोड़ दूंगा।"

इस पर एक साथ वाला व्यक्ति बोला, "अरे भाई दांत तो 32 होते हैं।" इस पर गुस्से वाला व्यक्ति बोला, "दो तेरे! मुझे पहले ही पता था कि तू बीच में पंगा लेगा इसलिए मैं पहले से ही दो दांत बढ़ा कर बोला था।"

❋

10. एक बार किसी की अर्थी जा रही थी तो लोग लाइन में जा रहे थे। साथ में एक कुत्ता जिसके गले में हार था वह भी जा रहा था। किसी ने पीछे वाले से पूछा, "भाई! किसकी मत्यु हुई?" पीछे वाला बोला, "आगे वाले से पूछ।" आगे वाले से पूछा तो उसने कहा, "आगे वाले से पूछो।" अंत में सबसे आगे वाले से पूछा तो वह बोला कि मेरी पत्नी की मृत्यु हुई है। इस पर उन्होंने पूछा, "कैसे?" तो पति बोला, "इस कुत्ते ने काटा था तो मेरी बीवी मर गई।" इस पर वो व्यक्ति बोला, "यह कुत्ता एक दिन के लिए मुझको दे सकते हो?" पति बोला, "पीछे लाइन में आ जाओ!"

❋

11. एक बार एक पति की मृत्यु हो गई तो उसकी अर्थी लेकर लोग जा रहे थे तो बोल रहे थे, "राम नाम सत्य है!" रास्ते में एक पेड़ की टहनी ज़ोर से अर्थी पर लगी और पति उठ बैठा।

तीन-चार साल बाद पुनः उसकी मृत्यु हुई। जब उसकी अर्थी जा रही थी तो सब लोग बोले, "राम नाम सत्य है!" बीवी शीघ्र ही बोली, "टहनी बचा के गत है।"

12. एक सज्जन एक अंडा ख़रीदने के लिए दुकान पर गए। अंडा बहुत छोटा था परंतु क़ीमत पूछने पर मालूम पड़ा कि 50 पैसे का है। सज्जन आगे बढ़ गए और 55 पैसे में उससे दुगने आकार का अंडा लेकर उसके पास आ गए और बोले, "देखो मैं 55 पैसे का कितना बड़ा अंडा लेकर आया हूं!"

अंडे वाला बोला, "साहब! वहीं से ले लो। मैंने 5 पैसे के लिए अपनी मुर्गी की जान नहीं निकालनी!"

❋

13. एक बार जनरल याह्या ख़ान भारत पधारे और वापस जाकर अपनी बीवी से बोले, "मेरी हिंदुस्तान में बहुत तारीफ़ हुई और लोगों ने कहा कि आपकी आंखें हेमा मालिनी से मिलती हैं।"

बीवी बोली, "हेमा मालिनी से ज़रूर मिलती होंगी परंतु आपस में नहीं मिलतीं।"

❋

14. एक पंजाबी व्यक्ति अपने बेटे की बहादुरी से खुश होकर एक सभा में बोल रहा था, "मेरा बेटा, शेर का बेटा है।" इस पर भीड़ में से किसी व्यक्ति ने चुटकी ली, और पूछा, "जनाब! शेर घर आया था या मां को जंगल ले गया था?"

❋

15. एक नाई की दुकान पर एक व्यक्ति हर रोज़ जाता था और पूछता था, "भाई! कितना टाइम लगेगा?"

नाई बोला, "3-4 घंटे लगेंगे।" जब वह 3-4 दिन उसी समय पर आया तो नाई अपने नौकर से बोला, "जा देखकर आ कि यह आदमी कहां से आता है और कहां जाता है।" थोड़ी देर बाद नौकर लौटकर आया और बोला, "ये तो पता नहीं लगा कि आता कहां से है मगर जाता यहां से सीधे आपके घर है!"

❋

16. एक स्कूल मास्टर अपने बच्चों से हिस्ट्री के प्रश्न पूछ रहे थे।

तो उन्होंने श्याम से पूछा, “कभी कुतुब मीनार देखा है?”

श्याम बोला, “नहीं मास्टर जी।”

मास्टर जी ने कहा, “श्याम! कभी बाहर निकला करो और कुछ देखा करो।” फिर उन्होंने भरत से पूछा, “लाल क़िला देखा है?” तो वह बोला, “नहीं मास्टर जी।” मास्टर जी फिर बोले, “बाहर निकला करो और कुछ देखा करो।”

इतने में पीछे से एक बच्चा उठा और उसने मास्टर जी से पूछा, “मास्टर जी आपने रामलाल देखा है?”

मास्टर जी, “नहीं भाई।” बच्चा बोला, “मास्टर जी! कभी घर पर बैठा करो और कुछ देखा करो।”

*

17. एक मास्टर जी कहने लगे, “लोग बिरला जी की इतनी तारीफ़ करते हैं कि उनके पास बहुत दौलत है। इसमें क्या है मुझे उनकी फ़ैक्ट्रियां, उनके ट्रेडिंग होम, बिजनेस और उनका बैंक बैलेंस दिला दो तो मैं उनसे भी अमीर होकर दिखाऊंगा।” तो एक दूसरे मास्टर बोले, “साले! वो कैसे?” तो पहला बोला, “भाई! साथ में दो-दो ट्यूशन भी तो पढ़ाऊंगा।”

*

18 एक बार एक मास्टर बच्चों को ये पढ़ा रहे थे कि शराब पीना बुरी बात है। यह साबित करने के लिए उन्होंने एक गिलास में शराब डाली और दूसरे में पानी। फिर उन्होंने 2 कीड़े पकड़े। एक को पानी में डाला और दूसरे को शराब के गिलास में। पानी वाला कीड़ा तैरता रहा किंतु शराब वाला कीड़ा मर गया। तो मास्टर जी ने बड़े गर्व से पूछा, “बच्चों! इससे तुम क्या सीखते हो?” बच्चे बोले, “मास्टर जी! इससे हमें यह शिक्षा मिलती है कि शराब पीने से पेट के सारे कीड़े मर जाते हैं।”

*

19. एक बार कुछ बच्चे इकट्ठे होकर पिकनिक कर रहे थे। अचानक एक बच्चा टॉयलेट करके बाहर निकला तो बेचारा सीधा खड़ा ही नहीं हो पाया। अंत में उसे डॉक्टर के पास ले गए। डॉक्टर ने 2 ही मिनटों में उसे ठीक कर दिया। इस पर बच्चे कहने लगे, "डॉक्टर साहब! यह ठीक तो हो गया परंतु एकदम टेढ़ा कैसे हो गया था?"

डॉक्टर बोला, "कुछ नहीं बच्चों! इसने पेशाब करके पतलून का बटन कोट के बटन से बंद कर लिया था।"

❋

20 एक बार एक जंगल में से रात के समय चार दोस्त जा रहे थे।

एक बहरा, एक अंधा, एक लंगड़ा और चौथा नंगा।

बहुत अंधेरा था। चारों डर रहे थे।

तो बहरा बोला, "यार! मुझे तो कुछ आवाज़ आ रही है।"

अंधा बोला, "यार! मुझे भी कुछ दिखाई दे रहा है।"

लंगड़ा बोला, "चलो भाग चलें।"

इस पर नंगा बोला, "मुझे तुम सबका तो पता नहीं पर मेरे कपड़े ज़रूर उतरवाओगे!"

❋

21 एक सज्जन लंदन में कामकाज ढूंढ़ने गए। छः महीने बाद ही उसने अपने बहुत प्यारे दोस्त को भी बुलवा लिया। दोस्त ने देखा कि उसने इतने कम समय में ही मर्सीडीज़ कार भी ख़रीद ली है। वह बोला, "भाई! आपने कमाल कर दिया। छः महीने में इतनी बड़ी गाड़ी भी ले ली।"

सज्जन बोले, "कहां यार? एक दिन एक सुंदर लड़की मिली, कार में बैठाकर हाइड पार्क में पेड़ों के पीछे ले गई, सारे कपड़े उतार दिए और मुझसे बोली 'जो चाहिए वो ले लो'...मैं उसकी मर्सीडीज़ लेकर चला आया।"

दोस्त उसका भी बाप था। वो बोला, "बहुत अच्छा किया। हमें औरतों के कपड़ों का क्या करना है?"

22. लंदन के एक मंदिर में एक पुजारी था। वह लोगों को बेवकूफ़ बनाता था। उसने एक खोपड़ी रखी हुई थी और लिख रखा था, "साई-राम जी की खोपड़ी है।" जो भी आता था वो "जय साई बाबा" कहकर एक-दो पौंड चढ़ा जाता था। एक थोड़ा समझदार व्यक्ति वहां पहुंचा और उनसे गुस्से से कहा, "बकवास करता है - साई बाबा की खोपड़ी और इतनी छोटी सी?" पुजारी तुरंत बोला, "साहब! यह उनके बचपन की है।" व्यक्ति बोले "ओह, ऐसा क्या?" और पांच पौंड चढ़ा कर चला गया।

❋

23. पुरानी चीज़ों की एक दुकान पर एक सज्जन ने देखा कि बेहद पुरानी चीज़ों के दाम बहुत ज़्यादा लिखे हुए हैं। एक पुराने गलीचे के छोटे से पीस का दाम 10,000 रुपये देखकर वो बोले, "भाई ! इस फटे टुकड़े के इतने पैसे क्यों?" दुकानदार बोला, "साहब! इस पर बादशाह अकबर पैर रख कर बैठते थे।" सज्जन ने फिर पूछा, "इस टूटे हुए प्याले का दाम 20,000 रुपये क्यों?" दुकानदार बोला, "साहब! इसमें राणा सांगा शराब पीते थे।" इस पर सज्जन बोले, "टूटी-फूटी पुरानी चीज़ें बेचते ही हो कि कुछ ख़रीदते भी हो?"

दुकानदार बोला, "सर! कोई नायाब चीज़ हो तो ख़रीद भी लेते हैं।"

सज्जन बोले, "भाई! हमारे मित्र एक सरदार जी हैं और उनकी एक आंख भी ख़राब है - राजा रणजीत सिंह कहकर बेच डालो।"

❋

24 आंखों के डॉक्टर के पास एक मरीज़ अपनी आंखें टेस्ट करवाने गया। उसने देखा कमरा ख़ाली है, तो वो चुपचाप एक कोने में जाकर बैठ गया। इतने में डॉक्टर महाशय आए, कोने में कोई चीज़ देखी और उनकी तरफ़ बढ़ गए। पास जाकर डॉक्टर ने मरीज़ से पूछा, "आपको क्या तकलीफ़ है?" मरीज़ बोला, "जी मुझे एक के दो नज़र आते हैं।"

डॉक्टर साहब तुरंत बोले, "आप चारों को एक ही तकलीफ़ है क्या?"

❋

25. पुराने समय में गांव में नाई लोगों के रिश्ते करवाते थे। नाई के पास एक नया दुशाला था। दूल्हा बेचारा थोड़ा ग़रीब था। तो बारात वालों ने नाई से कहा, "भाई! तू अपना नया दुशाला दूल्हे को दे दे।" नाई ने दूल्हे को दुशाला दे दिया। थोड़ी देर बाद किसी ने पूछा, "दूल्हा कौन सा है?" नाई तुरंत बोला, "दूल्हा तो दुशाले वाला है पर दुशाला मेरा है।" बारातियों ने बोला, "पागल! ऐसा मत बोल।"

थोड़ी देर बाद फिर किसी ने पूछा, "दूल्हा कौन सा है?"

इस बार नाई बोला, "दूल्हा तो दुशाले वाला है और दुशाला भी उसी का है।" लोगों ने फिर कहा, "तू पागल है तू दुशाले का नाम ही क्यों लेता है?" थोड़ी देर बाद फिर किसी ने पूछा, "दूल्हा कौन सा है?"

इस बार नाई बोला, "भाई! दूल्हा तो दुशाले वाला है पर दुशाला मुझे नहीं पता किसका है?"

❋

26 एक गंजे व्यक्ति के सिर पर सिर्फ़ तीन बाल थे। वो नाई की दुकान पर चला गया। नाई ने एक बाल दायीं तरफ़ मोड़ा, दूसरा बायीं तरफ़ मोड़ा और तीसरा बाल पकड़कर बोला, "हुज़ूर! चीर (मांग) किस तरफ़ निकालेंगे?"

❋

27. एक भैंगा किसी दूसरे आदमी से कह रहा था, "हम सैल्फ़मेड हैं।" तब उनके नौकर ने पूछा, "हुज़ूर! 'सैल्फ़मेड' क्या होता है?"

तो भैंगा बोला, "इसका मतलब है कि हमने अपने आप को खुद बनाया।" नौकर बोला, "हुज़ूर! इसमें कहने की क्या बात है? ये तो आपके चेहरे से ही पता लगता है क्योंकि आप अपनी आंखें सैट करना भूल गए हो।"

❋

28. एक बार गंजों की कॉन्फ़्रेंस हुई जिसके 500 मैम्बर थे। गंजों ने तय किया कि एक भी बाल वाले को हम अपनी कॉन्फ़्रेंस में नहीं आने देंगे। 500 के 500 मैम्बर आ गए और कॉन्फ़्रेंस शुरू हो गई।

इतने में एक गंजा भागता हुआ आया और उसके हाथ में वो स्पेशल टिकट था। मैनेजर ने कहा, “चूंकि हाउस फुल है इसका मतलब है कि एक बाल वाला व्यक्ति अंदर घुस गया है।” वो तुरंत अंदर गया और चूंकि हॉल में अंधेरा था अतः उसने आदेश दिया कि कॉन्फ्रेंस को डिस्टर्ब नहीं किया जाए और सबके सिर पर हाथ फेरकर देख लो, बाल वाला पकड़ा जाएगा। बाल वाला सोचने लगा कि अब क्या करूं। उसने अपनी पतलून खोली और अपनी बॉटम ऊपर करके बैठ गया।

चेक करने वाले ने उसके बॉटम पर हाथ फेरा और बोला, “साले गंजे! तेरे सिर पर एक भी बाल नहीं, पर ये चीर निकालने का शौक़ अभी भी नहीं गया!”

❋

29. एक बार एक सज्जन एक गांव के पास से गुज़र रहे थे। वहां उन्होंने एक आदमी से पूछा, “भाई! यहां कोई हकीम है?” उस पुरुष ने जवाब दिया, “भाई! यह गांव ही हकीमों का है।”

वह बोला, “आप कौन?”

उन्होंने जवाब दिया, “भाई! मैं भी हकीम हूं।”

वो साहब बोले, “हकीम साहब! बहुत ज़ोर से पेट में दर्द हो रहा है।”

हकीम बोला, “तो चलिए दवाई दे देते हैं।”

हकीम दवाई बना रहे थे तो उस सज्जन ने देखा कि लोगों के मकानों के बाहर कहीं 2 कहीं 4 दीये जल रहे हैं। तो उन्होंने हकीम साहब से पूछा, “साहब! आज न दिवाली है और न गुरुपर्व है, तो लोगों के घर के बाहर दिये क्यों जल रहे हैं?”

हकीम साहब ने उत्तर दिया, “यहां के हकीम आत्मा रखते हैं। उनसे जितने आदमी फड़कते (मरते) हैं वो उतने दिये बाहर जला देते हैं।”

सज्जन ने हकीम साहब के घर के बाहर देखा और बोले, “शुक्र है हकीम साहब! आपके बाहर कोई दिया नहीं जल रहा है।”

हकीम साहब ने तुरंत जवाब दिया, “आज जलेगा।”

❋

30. एक हकीमों के गांव में एक हकीम बड़े दावे के साथ कह रहा था, "मेरे पिता यहां के सबसे बड़े हकीम हैं। एक दर्ज़ी मुंह में सुई रखकर बैठा था और ग़लती से निगल गया। वह डॉक्टरों से हारकर मेरे पिता के पास आया और उनकी एक ही पुड़िया से सुई बाहर आ गई।"

इस पर एक दूसरे हकीम ने कहा, "इसमें क्या बड़ी बात है? एक बार एक दुकानदार चांदी का एक रुपया ग़लती से निगल गया। तो आपके पिता के पास भी गया, पर यह सुई थोड़ी ही थी। चांदी का रुपया था। मेरे पिता ने एक ही पुड़िया दी और रुपया सौ पैसों में बाहर आ गया।"

31. एक सज्जन अपने पड़ोसी के घर गए और बोले, "यार! कुछ मेहमान आए हैं एक चारपाई तो दे दो।"

पड़ोसी बोला, "भाई! चारपाई तो मैं दे देता पर मेरे पास दो चारपाई हैं। एक पर मैं और मेरे पिता जी सोते हैं और दूसरी पर मेरी बीवी और मेरी मां सोती है।"

वह सज्जन बोले, "भाई! चारपाई मत दो, पर कम से कम तरीक़े से सोना तो सीख लो।"

32. एक बार दवाइयों की एक कंपनी ने एक ऐसी दवाई निकाली जिसकी एक गोली खाने से मनुष्य की आयु 25 वर्ष कम हो जाती थी। एक सज्जन ने वह नुस्खा पढ़कर विदेश में बसे अपने मां-बाप को वह दवाई भेजी।

कुछ समय बाद उसके मां-बाप बेटे से मिलने भारत आए। बेटा हवाई अड्डे पर मां-बाप को लेने गया। तो देखता है कि एक बड़ी जवान औरत, एक बच्चा गोद में लिए उसकी तरफ़ आकर बोली, "बेटा बंत्या, क्या हाल है तेरा?" तो उस सज्जन ने कहा, "बहनजी! आप कौन हो?"

"ओ बंत्या, मैं तेरी मां!"

इस पर बंता सिंह ने पूछा, "यह गोद में कौन है?"

तो मां बोली, "यह तेरा बाप, इसने दो गोलियां खा ली थीं।"

33. एक जवान सर्दी के दिनों में मोटर साइकल पर जा रहा था। सर्दी के कारण उसने जैकेट उलटी पहन ली और बटन पीछे की तरफ़ बंद कर लिए, ताकि छाती पूरी तरह ढंकी रहे। एक गांव के बाहर उसकी मोटर साइकल फिसल गई। गांव के लोग इकट्ठे हो गए। कुछ देर के बाद पुलिस आ गई और देखा कि वह जवान मरा पड़ा है।

पुलिस वालों ने गांव के लोगों से पूछा, "दुर्घटना तो इतनी बड़ी नहीं हुई है पर ये जवान मर कैसे गया?"

गांव के लोग तुरंत बोले, "साहब हम तो खुद परेशान हैं। फिसलने के बाद यह लड़का बिलकुल ठीक-ठाक था पर गर्दन सीधी करते ही मर गया!"

*

34. एक कक्षा में मास्टर जी के होते हुए भी बच्चे शोर मचा रहे थे तो, किसी साथी ने उनसे पूछा, "मास्टर जी, क्या आपसे ये बच्चे डरते नहीं?"

मास्टर जी बोले, "मैं भी कहां इनसे डरता हूं!"

*

35. एक बार एक सज्जन हवाई जहाज़ से विदेश यात्रा पर गए। उनकी साथ वाली सीट पर एक अंग्रेज़ विराजमान था। थोड़ी देर के बाद सज्जन ने एक गिलास में लस्सी डाली।

अंग्रेज़ ने बड़ी उत्सुकता से पूछा, "What is this ? (यह क्या है?)"

उन्होंने जवाब दिया, "आप यह नहीं जानते? इसे कहते हैं Butter Milk of India (भारत का बटर मिल्क।)"

कुछ देर बाद उन्होंने चपाती निकाली। अंग्रेज़ ने फिर पूछा, "What is this (यह क्या है?)"

सज्जन ने जवाब दिया, "Indian Bread (भारतीय ब्रेड।)"

अब खाना खाने के उपरांत उस सज्जन ने ज़ोर से हवा निकाली तो अंग्रेज़ तुरंत बोला, "I don't want to ask this, this must be Air-India (मैं इसके बारे में पूछना नहीं चाहूंगा, यह ज़रूर एयर इंडिया होगा।)"

*

36. एक कोर्ट में जज साहब बैठे थे तो वकील आया और बोला, "साहब! यह बलात्कार का मुक़दमा है।"

जज साहब बोले, "वो लड़का जिसने बलात्कार किया वह किधर है?"

वकील बोला, "वो इधर नहीं है।"

जज साहब बोले, "वह लड़की जिसका बलात्कार हुआ वह कहां है?"

वकील बोला, "जी! वो भी इधर नहीं है।"

जज साहब गुस्से में बोले, "जिसने बलात्कार किया वो भी नहीं है जिसका बलात्कार हुआ वो भी नहीं है तो फ़ैसला कैसे हो?"

इस पर लड़की की मां बोली, "जज साहब तो फिर ऐसे फ़ैसला दे दो कि जैसे आपकी मां-बहन का बलात्कार हुआ हो!"

❋

37. एक बार एक गांव में किसी ने एक मुर्गी पालने वाले से पूछा, "आप इन मुर्गियों को क्या खिलाते हो?"

वह बोला, "साहब! इनको पिस्ता, बादाम खिलाता हूं।"

वह सज्जन बोले, "अच्छा-अच्छा! ये सब आपके बही-खाते में तो नहीं है।" वो बेचारा डर गया।

कुछ दिन बाद फिर किसी ने आकर पूछा, "आप इन मुर्गियों को क्या खिलाते हो?"

तो इस बार मुर्गी वाले ने जवाब दिया, "साहब! ये बेचारी तो गंदी नाली के कीड़े-मकोड़े खाकर अपना पेट भर लेती हैं।"

सज्जन बोले, "तभी तो मैं भी कहूं कि शहर में इतनी बीमारी क्यों फैल रही है। मैं सेनेटरी डिपार्टमेंट से हूं।" अब तो मुर्गी वाले के होश उड़ गए।

जब तीसरी बार किसी ने आकर यही सवाल किया कि इनको क्या खिलाते हो तो उन्होंने तुरंत उत्तर दिया, "साहब! मैं तो इस झगड़े में ही नहीं पड़ता। मैं तो हर मुर्गी को 50-50 पैसे दे देता हूं कि जाओ जो मर्ज़ी खा लो।"

❋

38. एक बार एक साहब रेलवे स्टेशन गए। उनकी पत्नी उन्हें छोड़ने आई थी। गाड़ी चूंकि छूट रही थी और कुली ने सामान भी जल्दी-जल्दी गाड़ी में रखा। जल्दबाज़ी में उन सज्जन ने कुली के पैसे अपनी बीवी के हाथ में दे दिए और Flying Kiss (फ़्लाइंग किस) कुली की ओर फेंक दिया। फिर ख़याल आया ये तो ग़लत हो गया। तो उन्होंने अपना रूमाल हिलाकर बीवी को बोले, "Now Please Exchange (अब कृपया बदल लो!)"

39. एक बस स्टैंड पर एक हकले आदमी ने बहुत अटक-अटक कर बस स्टैंड पर खड़े किसी व्यक्ति से पूछा, "भ...आ...ई...ये...ब...स...क...हां...जा...ती...है?"

उसने बड़े गुस्से से हकले की तरफ़ देखा परंतु जवाब नहीं दिया। हकले ने बड़ी मुश्किल से दोबारा उससे पूछा, "भ...आ...ई...ये...ब...स...क...हां...जा...ती...है?"

जब दोबारा पूछने पर भी उस व्यक्ति ने हकले को जवाब नहीं दिया तो साथ में खड़े एक दूसरे आदमी ने हकले से कहा, "भाई! ये बस दिल्ली जा रही है।"

फिर उन्होंने उस व्यक्ति से पूछा, "यार! इस बेचारे हकले ने इतनी कठिनाई से आपसे कुछ पूछा तो आप उसे जवाब नहीं दे सकते थे।"

इस पर उस व्यक्ति ने हकले से भी ज़्यादा रुक-रुककर जवाब दिया।

"मैं...मैं...मैं...मैं...ने...ने...ने...मा...मा...र...न...न...न...खा...नी...थी।"

वो भी हकला था।

40. एक फ़ैक्ट्री में दो भाई लोहार का काम करते थे जिसमें एक भाई हकला था और दूसरा भाई बहरा था।

फ़ैक्ट्री लगे काफ़ी समय हो गया और कोई सामान बाहर नहीं निकला तो ऑफ़िसर बोला, "जाकर देखो कि इस फ़ैक्ट्री में क्या काम होता है?" तब एक ऑफ़िसर वहां गया और छुपकर देखने लगा।

उसने देखा कि एक भाई ने लोहा गर्म किया और हकलाते हुए बोला, "भा...भा...भाई...म...म...मा...र...र।"

दूसरा भाई कान पर हाथ रखकर बोला, "क्या कहा, समझ में नहीं आया?"

हकला बोला, "ठ...ठ...ठ...ठहर...ज...जा। ठ...ठ...ठ...ठंडा...हो...हो...ग...गया।

वे दोनों पूरे दिन यही करते रहते थे।

❋

41. हरियाणा में जब पति हर रोज़ देर ही से घर आता है तो पत्नी ऐसे उसका स्वागत करती है, "रात को जब गठठ (गीदड़) बोले मैं तेरे लिए जागू सूं और तू आकर पीठ घुमाकर सोए रे, मैं तेरी मां-बहन लागू सूं।"

❋

42. जब पकिस्तान बना और लोग भारत आए तो एक बच्चा डॉक्टर के पास गया और बोला, "मेरा पेट साफ़ नहीं है और मुझे मोशन नहीं हुए।"

डॉक्टर बोला, "ये ले बेटा! दो गोली पानी के साथ खा लेना।"

दूसरे दिन बच्चा वापस आया और बोला, "डॉक्टर कुछ नहीं हुआ।"

डॉक्टर साहब ने चार गोलियां दीं।

तीसरे दिन बच्चा फिर आया और फिर कहा कि डॉ. साहब मोशन नहीं हुए।

डॉक्टर साहब ने पूछा, "बेटा पाकिस्तान में कहां से आए हो?"

लड़का बोला, "मुल्तान से।"

डॉक्टर बोला, "अच्छा तो फिर ये पांच रुपये ले और कुछ खा। पेट के ख़ाली होने के कारण मोशन नहीं आते।"

❋

43. एक मूंगफली की दुकान पर कोई व्यक्ति मूंगफली लेने गया। दुकान के मालिक ने पूछा, "साहब! आप मुल्तान से हो?"

तो व्यक्ति बोला, "कमाल है! मैं कोट भी पहने हुए हूं, पतलून भी पहनी हुई है, नेक टाई भी लगाई हुई है तो तुझे कैसे पता लग गया कि मैं मुल्तानी हूं?"

दुकानदार बोला, "भाई! जो आधा किलो मूंगफली खाकर 100 ग्राम का ऑर्डर दे वो मुल्तानी ही हो सकता है।"

※

44. एक बार एक इंस्पेक्टर जवानों को पैराशूट की ट्रेनिंग दे रहा था। इंस्पेक्टर उन्हें सिखा रहा था कि तुम हवाई जहाज से छलांग लगाने के बाद 1, 2, 3, ...10 तक गिनकर डोरी खींच देना। पैराशूट खुल जाएगा।

उनमें से एक हकला महाशय बोला, "स...स...स...सर!...क... क...क... कितना...ग...गिनना है?"
इंस्पेक्टर बोला, "आपको सिर्फ़ 2 गिनना है।"

※

45. एक व्यक्ति अपनी फ़ोटो खिंचाने एक स्टूडियो में गया। फ़ोटोग्राफ़र उन्हें कुर्सी पर ठीक से बिठाकर अपना कैमरा सैट करते हुए बोला कि 'मूत्र' आओ जी (पेशाब कर आओ जी।)

सज्जन को सचमुच ही पेशाब लगी हुई थी। वो करने चले गए। वापस आए और दोबारा बैठे तो वह फिर बोला कि 'मूत्र' आओ जी।

वो व्यक्ति बड़ा हैरान हुआ कि इसे कैसे पता चला कि अभी भी मुझे पेशाब आ रही है।

जब फ़ोटोग्राफ़र ने तीसरी बार बोला तो उन्होंने मालिक को बुलाया कि यह कैसा आदमी है, मैं कहता हूं कि फ़ोटो खींचो और यह कहता है कि मूत्र आओ जी।

मालिक बोला, "यह ग़लती मेरी है। मैं आपको बताना भूल गया कि यह तोतला है। इसके कहने का मतलब है 'मुस्कराओ' जी।"

※

46. एक गांव के बाहर कुछ ग्रामीण बहुत लंबे बाल वाली ख़ूबसूरत बिल्ली को नहला रहे थे। कोई सज्जन वहां से गुज़रे और उन्होंने कहा, "यह क्या कर रहे हो? इतनी सर्दी में ये बिल्ली मर जाएगी।"

गांव वाले बोले, "जाओ-जाओ। हमने कभी बिल्ली नहीं पाली क्या? हमें पता है कि हम क्या कर रहे हैं?"

थोड़ी देर के बाद जब वह सज्जन वापस आए तो देखा कि बिल्ली मरी पड़ी है। ये देखकर उन्होंने बड़े दुख से गांव वालों से कहा, "तुम लोगों से कहा था ना कि इसे मत नहलाओ यह मर जाएगी, देखो मर गई ना।"

गांव वालों ने जवाब दिया, "चुप कर! ये नहलाते हुए थोड़ी मरी है। ये तो निचोड़ते हुए मरी है।"

❋

47. पति-पत्नी आपस में अक्सर लड़ते-झगड़ते रहते थे।

एक दिन पति बोला, "तू अब मेरे से लड़ती रहती है पर जब हमारी शादी हुई थी तो मेरे पांव के अंगूठे धोकर पीती थी और कहती थी कि पैप्सी का स्वाद आता है। तो अब क्या मेरे में गैस ख़त्म हो गई है?"

पत्नी बोली, "जब हमारी शादी हुई थी तब आप भी कहते थे कि मेरी हेमा मालिनी।"

पति, "तब कहना पड़ता था। हेमा मालिनी तेरी जैसी काली होती तो हिंदुस्तान में कभी दिन ही नहीं निकलता, सदा रात ही रहती। धर्मेंद्र टटोल-टटोलकर चलता। अरे! तेरी जैसी काली कभी चांदनी चौक में खड़ी हो जाए तो लोग दुकानें बंद कर देंगे कि शायद रात हो गई है।"

❋

48. एक पति-पत्नी एक स्कूल फ़ंक्शन में बैठे थे तो बीवी बड़े नाज़ से बोली, "देखो जी हमारा बच्चा प्रथम आया है।"

तो बाप बोला, "क्यों नहीं आएगा? उसने अक़्ल तो मेरी ही ली है।"

इस पर मां बोली, "ज़रूर ली होगी क्योंकि मेरी तो मेरे पास ही है।"

❋

49. एक पंजाबी बच्चा पढ़ाई में नालायक़ था तो अध्यापकों ने उसे पांचवीं कक्षा से हटाकर चौथी में कर दिया। वहां भी नहीं चला। तब उन्होंने उसे तीसरी में कर दिया। जब उन्होंने उसे दूसरी में किया तो पिता भागते हुए घर गए और बीवी से बोला, "नाड़ा कसकर बांध ले लड़का वापस आ रहा है!"

❋

50. एक बार एक पंजाबी का हाथ मशीन में आकर कट गया। लोग उसके प्रति सहानुभूति जताने आए और बोले, "प्रभु का शुक्र है कि आपका बायां हाथ ही मशीन में आया और दायां बच गया।"

पंजाबी फट से बोला, "प्रभु की ऐसी तैसी! ये तो अपनी अक़्ल काम आ गई। आया तो दायां ही था मैंने फटाफट निकालकर बायां दे दिया।"

❋

51. पति : "सुनती हो, सीने के सफ़ेद बाल दिखाने पर मुझे सीनियर सिटिज़न पेंशन मिल गई।"

पत्नी : "पतलून खोलकर दिखा देते तो 'विकलांग भत्ता' भी मिल जाता।"

❋

52. पत्नी : "देखो ना, हमारे पड़ोसी ने 50 इंच का एलईडी टीवी ख़रीदा है, आप भी ख़रीद लाइए ना।"

पति : "अरे डार्लिंग, जिसके पास तुम्हारी जैसी ख़ूबसूरत बीवी हो वो क्यों फ़ालतू का वक़्त टीवी देखने में वेस्ट करेगा..."

❋

53. पत्नी : "आप मेरा जन्मदिन कैसे भूल गए..."

पति : "भला तुम्हारा जन्मदिन कोई कैसे याद रखे? तुम्हें देखकर ज़रा भी नहीं लगता कि तुम्हारी उम्र बढ़ रही है..."

पत्नी (आंसू पोंछते हुए) :

"सच्ची...मैं आपके लिए खीर लेकर आती हूं।"

❋

54. इसे कहते है स्मार्ट पति।

पति-पत्नी में झगड़ा हो रहा था।

पत्नी : "मैं पूरा घर संभालती हूं, किचन संभालती हूं, बच्चों को संभालती हूं, तुम क्या करते हो?"

पति : "मैं खुद को संभालता हूं, तुम्हारी नशीली आंखें देखकर..."

पत्नी : "आप भी ना...चलो बताओ आज क्या बनाऊं?"

❋

55. एक दिन अख़बार में ख़बर आई कि जिस व्यक्ति के 5 या अधिक बच्चे हैं, सरकार उन्हें 20,000 रुपये महीना देगी। यह ख़बर राजू ने अपनी पत्नी को दिखाई और बोला, "अगर तुम नाराज़ न हो तो तुमसे एक बात कहूं..."

पत्नी : "नहीं होऊंगी...कहो!"

राजू : "मेरी गर्लफ्रेंड के पास भी मेरा एक बच्चा है, तुम कहो तो उसे भी अपने घर ले आऊं। हमें ये 20,000 रुपये महीने मिलने लगेंगे।"

पत्नी : "ठीक है ले आओ!"

राजू खुशी-खुशी बच्चे को लेने चला गया, जब वह बच्चा लेकर वापस लौटा तो देखा कि उसके 2 बच्चे ग़ायब हैं।

उसने पत्नी से पूछा, "दो बच्चे कहां गए?"

पत्नी : "जिसके थे वो ले गया। अब अख़बार कोई ऐसी चीज़ तो है नहीं कि अकेले तुम्हारे ही घर में आता है!!!"

❋

56. आज बाज़ार में एक बेहद ख़ूबसूरत महिला दिखी। मैं खड़ा होकर उसे देखता ही रह गया। तभी वो मेरे पास आई और बोली...

"भाई साहब! देखा तो मैं आंख से भी जाऊंगी। मुंह तो बंद कर लो..."

❋

57. लड़की वाले : "बेटा क्या करते हो...?"

लड़का : "आई एम एयर डिफ़्यूजन फ़िक्स ऐंड मॉनिटरिंग साइंटिस्ट।"

लड़की वाले : "बेटा वाह! हम लोग कम पढ़े-लिखे हैं। ज़रा हिंदी में बताओ।"

लड़का : "अरे अंकल! आप जैसे लोगों को ही असली हुनर की पहचान है। इधर इरफ़ान भाई के यहां पंचर बनाता हूं। कभी आप भी सेवा का मौक़ा दो!"

❋

58. लड़की वाले : "बेटा क्या करते हो...?"

लड़का : "आई एम चीफ़ एग्जीक्यूटिव इन क्लीन इंडिया इनिशिएटिव ऐंड परमानेंट मेंबर ऑफ़ स्वच्छ भारत अभियान।"

लड़की वाले : "बेटा वाह! वो बेटा हम लोग कम पढ़े-लिखे हैं। ज़रा हिंदी में बताओ तो..."

लड़का : "अरे अंकल आप का दिल दरिया है। सरकारी नौकरी है। आपकी बेटी भूखी नहीं रहेगी। इधर दो गली छोड़कर स्वीपर हूं।"

❋

59. लड़की वाले : "बेटा क्या करते हो...?"

लड़का : "आई रन अ स्टार्ट अप प्रोडक्ट इन्क्लूड्स लाइम ऑर्गेनिक माउथ रिफ़्रैशनर!"

लड़की वाले : "बेटा वाह! वो बेटा हम लोग कम पढ़े-लिखे हैं। ज़रा हिंदी में बताओ तो..."

लड़का : "अरे अंकल फ़ोकट में इम्प्रेस मत हो। इधर नुक्कड़ पर पान की दुकान है अपनी, आओ कभी!! ये लो गुलकंद मेरी तरफ़ से शगुन।"

❋

60. लड़की वाले : "बेटा क्या करते हो...?"

लड़का : "आई एम मेटलरजिकल अमलगमेंशन इंजीनियर।"

लड़की वाले : "बेटा वाह! वो बेटा हम लोग कम पढ़े-लिखे हैं। ज़रा हिंदी में बताओ तो..."

लड़का : "अरे अंकल फ़ोकट में इम्प्रेस मत हो। इधर असलम भाई के यहां वेल्डर हूं!"

❋

61. लड़की वाले : "बेटा क्या करते हो...?"

लड़का : "आई एम सीनियर सिक्योरिटी ऐंड पीस्कोपिंग ऑफ़िसर!"

लड़की वाले : "बेटा वाह! वो बेटा हम लोग कम पढ़े-लिखे हैं। ज़रा हिंदी में बताओ तो..."

लड़का : "अरे अंकल फ़ोकट में इम्प्रेस मत हो। इधर बिल्डिंग का चौकीदार हूं।"

❋

62. आजकल एक नया चलन शुरू हुआ है, घर बैठे मोबाइल फ़ोन से बुक कराके कुछ भी मंगा लो।

एक सरदार ने सलामत स्वीट्स को फ़ोन लगाया...ट्रिंग-ट्रिंग।

"सलामत स्वीट्स में आपका स्वागत है, कहिए क्या चाहिए?"

सरदार बोला, "मिठाई चाहिए।"

"लड्डू के लिए एक दबाएं, रसगुल्ले के लिए दो दबाएं, गुलाब जामुन के लिए चार दबाएं, मलाई पेड़े के लिए..."

सरदार बोला, "मुझे लड्डू चाहिए थे, मैंने एक दबाया।"

"बूंदी के लिए एक दबाएं, मोतीचूर के लिए दो दबाएं, मगज के लिए तीन दबाएं, सोंठ के लिए चार..."

सरदार बोला, "मोतीचूर चाहिए।"

"एक किलो के लिए एक दबाएं, पांच किलो के लिए दो दबाएं, एक क्विंटल के लिए तीन दबाएं।"

ग़लती से तीसरा बटन दब गया।

डर के मारे सरदार ने फ़ोन काट दिया।

पर अगले ही पल फ़ोन आया, "आपसे एक क्विंटल मोतीचूर के लड्डू का ऑर्डर मिला है, अपना पता बताएं।"

सरदार बोला, "मैंने तो कोई फ़ोन नहीं किया है।"

"आपके भाई ने किया होगा। इसी नंबर से था...अपने भाई को फ़ोन दीजिए।"

सरदार बोला, "हम लोग छः भाई हैं, बड़े से बात के लिए एक दबाएं, उससे छोटे के लिए दो दबाएं, उससे छोटे के लिए तीन दबाएं, उससे छोटे के लिए चार..."

सामने वाले ने फ़ोन काट दिया।

❋

63. मांग भरने की सज़ा कुछ इस क़दर पा रहा हूं कि मांग पूरी करते-करते, अब मांग-मांग कर खा रहा हूं।

❋

64. पापा : "बेटी बड़ी होकर क्या करोगी?"

बेटी : "शादी..."

पापा : "ग़लत बात है...अभी से किसी का बुरा नहीं सोचते।"

❋

65. पति ने पान ख़रीदकर पत्नी को खाने के लिए दिया।

पत्नी : "अरे...आपने तो अपने लिए लिया ही नहीं..."

पति : "मैं तो ऐसे ही ख़ामोश रह सकता हूं।"

❋

66. बीवी क्या होती है...?

बीवी भगवान के प्रसाद जैसी होती है, जिसमें चाहते हुए भी कोई नुक़्स नहीं निकाल सकते। श्रद्धा और मजबूरी के साथ चुपचाप खाए जाओ!

❋

67. पत्नी : "मैंने सुना है कि स्वर्ग में पति-पत्नी को साथ में रहने नहीं देते।"

पति : "पगली, तभी तो उसे स्वर्ग कहते हैं।"

❋

68. पत्नी : "मैंने सुना है कि स्वर्ग में पुरुषों को अप्सराएं मिलती हैं...औरतों को क्या मिलता है?"

पति : "कुछ नहीं। ऊपरवाला सिर्फ़ दुखी लोगों की ही सुनता है।"

❋

69. "मतदान करने के लिए उम्र 18 साल, और शादी करने के लिए 21 साल... ऐसा क्यों?"

"क्योंकि सरकार जानती है कि बीवी संभालना, मुल्क संभालने से ज़्यादा मुश्किल है।"

❋

70. दोस्त होता है एशियन पेन्ट की तरह - जो दुनिया बदल दे...
गर्लफ्रेंड है एवरेस्ट मसाला - जो टेस्ट में बेस्ट...
पत्नी मच्छर के कॉयल की तरह है - जो कोने-कोने से ढूंढ़ के मारे!

❋

71. ज़िंदगी की शुरुआत "S" (एस) से होती है :
"S" से सूरज, सुबह, शाम, समय...
उसके बाद : "S" से सगाई, शादी, फिर सास, ससुर, साला, साली, और फिर सत्यानाश।

❋

72. पति : "डार्लिंग, तुम ख़ूबसूरत होती जा रही हो..."
पत्नी (खुश होकर रसोइघर में से) : "तुमने कैसे जाना?"
पति : "तुम्हें देखकर रोटियां भी जलने लगी हैं..."

❋

73. किसी को उसके फटे हुए जूते, मैले कपड़े, पुरानी घड़ी, उतरा हुआ मुंह...इत्यादि चीज़ों से उसे ग़रीब ना मानो। हो सकता है कि वो आदमी शादीशुदा हो।

❋

74. बहन की विदाई पर छोटा भाई बोला : "पापा, दीदी रो रही है लेकिन जीजू तो नहीं रो रहे!"
पापा : "बेटा! दीदी गेट तक रोएगी, जीजू क़ब्र तक रोएगा।"

❋

75. एक आदमी ज्योतिषी से बोला : "मेरी शादी क्यों नहीं हो रही?"
ज्योतिषी बोला : "कैसे होगी पगले, कुंडली में सुख ही सुख जो लिखा है..."

❋

76. *"बाहुबली-2"* फ़िल्म के बारे में अब ये अफ़वाह किसने फैलाई कि 'कटप्पा' की पत्नी का नाम सिलबट्टा है, बेटी का नाम दुपट्टा है, पोते का नाम देसी कट्टा है और सुनने में आया है कि उसके गांव का नाम हड़प्पा है। उसका पसंदीदा फूड 'गोलगप्पा' है, और सूत्रों के हवाले से पता चला है कि कटप्पा के ख़ानदान का आख़िरी वारिस क्रिकेटर रॉबिन उथप्पा है, मां का नाम अभी पता चला - 'नैन मटक्का।'

❋

77. पत्नी मायके जाती है और मज़े लेने के लिए पति को मैसेज भेजती है : "मेरी मोहब्बत को अपने दिल में ढूंढ़ लेना।
और हां, आटे को अच्छी तरह गूंध लेना।।
मिल जाए अगर प्यार तो खोना नहीं।
प्याज़ काटते वक़्त बिलकुल रोना नहीं।।
मुझसे रूठ जाने का बहाना अच्छा है।
थोड़ी देर और पकाओ आलू अभी कच्चा है।।
मिलकर फिर ख़ुशियों को बांटना है।
टमाटर ज़रा बारीक़ ही काटना है।।
लोग हमारी मोहब्बत से जल न जाएं।
चावल टाइम पर देख लेना कहीं जल न जाएं।।
कैसी लगी हमारी ग़ज़ल बता देना।
नमक कम लगे तो और मिला लेना।।"
पति का सुपर रिप्लाई :
"तुम्हारी यही अदा तो दिल को भा गई...

तुम्हारे जाते ही, पड़ोसन खाना पकाने आ गई...”
पत्नी 120 की स्पीड से घर वापस आ गई।

❋

78. संता : “यार! तू अपनी बीवी को किस नाम से बुलाता है?”
बंता : “गूगल डार्लिंग।”
संता : “यह कैसा नाम हुआ?”
बंता : “सवाल एक करो, 100 जवाब दे देती है!!”

❋

79. आज मुझे ट्रेन में कटप्पा मिल गया...
मैंने पूछा : “कटप्पा, पगले तुमने बाहुबली को आख़िर क्यों मारा??”
कटप्पा : “यम्मा नल्ला, निम्मडा... साळगुन्न अन्न, काण्णलो कुडड्डा थेल्लमी...मारपिंडा नेरुला विकाना मुदक्कळ येल्ले...अंड वेंकटा नारकूंडा भुम्मले...म्चा।”
मैं : “हम्म्म्म्म्म्म, फिर तो सही किया तुमने।”

❋

80. सलमान ख़ान बोला, “मैं दुनिया के हर कोने में गया हूं। दुनिया में कोई ऐसी जगह नहीं है जहां मैं नहीं गया हूं।”
एक ताऊ खड़ा होकर बोला, “कदे ससुराल गया है के?” (सन्नाटा)।

❋

81. 1. संडे को पति अगर देर तक सोया रहे तो...
बीवी : “अब उठ भी जाओ! तुम्हारे जैसा भी कोई है क्या? छुट्टी है तो इसका मतलब यह नहीं कि सोते ही रहोगे।”

2. संडे को पति जल्दी उठ जाए तो...

बीवी : "पिछले जन्म में मुर्गे थे क्या? एक दिन तो चैन से सोने को मिलता है, उसमें भी ठीक 5:30 बजे उठकर कुकडू-कूं करने लगते हो। इतना जल्दी उठकर पहाड़ तोड़ने जाओगे?"

3. संडे को पति अगर घर पर ही रहे तो...

बीवी : "कुछ काम भी कर लिया करो। हफ़्ते भर बाट देखते हैं तुम्हारे संडे की, उसे भी तुम केवल नहाने-धोने में ही निकाल देते हो..."

4. संडे को पति अगर घर से देर तक बाहर रहे तो...

बीवी : "कहां थे तुम आज पूरे दिन? आज संडे है, कभी मुंह से भगवान का नाम भी ले लिया करो।"

5. संडे को अगर पति पूजा करे तो...

बीवी : "ये घंटी बजाते रहने से कुछ नहीं होने वाला। अगर ऐसा होता तो इस दुनिया के रईसों में टाटा या बिल गेट्स का नाम नहीं होता बल्कि किसी पुजारी का नाम होता।"

6. अगर टाटा ये बिल गेट्स जैसा बनने के लिए पति दिन-रात मेहनत करे तो...

बीवी : "हर वक़्त काम, काम, काम! तुम्हें अपने ऑफ़िस के ही सात फेरे ले लेने चाहिए थे। हम क्या यहां पर बंधुआ मज़दूर हैं जो सारा दिन काम करें और शाम को तुम्हारा इंतज़ार करें?"

7. पति अगर पत्नी को घुमाने के लिए ले जाए तो...

बीवी : "हमारे बीच वाले जीजा जी तो दीदी को हर महीने घुमाने ले जाते हैं और वो भी स्विट्ज़रलैंड और दार्जिलिंग जैसी जगहों पर। तुम्हारी तरह 'हरिद्वार' नहाने नहीं जाते।"

8. पति अगर अपनी ऐसी तैसी कराकर नैनीताल, मसूरी, गोवा, माउंट आबू, ऊटी जैसी जगहों पर घुमाने ले भी जाए तो...

बीवी : "अपना घर ही सबसे अच्छा, बेकार ही पैसे लुटाते फिरते हैं। इधर-उधर बंजारों की तरह घूमते फिरो। क्या रखा है घूमने में? इतने पैसे से अगर घर पर ही रहते तो पूरे 2 साल के लिए कपड़े ख़रीद सकते थे।"

घर वाली की किच-किच न हो तो इंसान कहां से कहां पहुंच जाता है...विश्वास न हो तो नरेंद्र मोदी जी को ही देख लो।

82. एक शराबी ने दोस्तों के साथ पार्टी का प्रोग्राम बनाया, और अपने ही घर से रात को बकरा चोरी किया और ख़ूब दावत की। सुबह जब घर पहुंचा तो बकरा घर पर ही खड़ा था।

शराबी ने पत्नी से पूछा : "बकरा कहां से आया???"

बीवी (गुस्से से) : "बकरे को गोली मारो, रात से कुत्ता ग़ायब है।"

❋

83. शादी के मंडप में लड़का लड़की से बोला, "मेरा 10 लड़कियों के साथ अफ़ेयर रहा है..."

लड़की : "मुझे पता था, जब कुंडली मिली है तो करैक्टर तो मिलेगा ही।"

❋

84. एक बार संता जंगल में जा रहा था। अचानक भालू देखकर सांस रोककर ज़मीन में लेट गया। यह देखकर भालू आया और उसके कान में बोला, "भूख नहीं है वरना कहानी तो बचपन में मैंने भी सुनी है।"

❋

85. हॉस्पिटल में बुरी तरह 'जख़्मी' आदमी से मिलने गए दोस्त ने पूछा, "क्या हुआ था?"

जख़्मी आदमी : "यार! करवाचौथ की शाम को तेरी भाभी को ग़लती से हड़बड़ी में बोल दिया कि जल्दी पूजा करो...दो-तीन जगह और जाना है!!"

❋

86. बीवी (पति से) : "तुम ठीक से रहोगे तो भाजपा के चुनाव चिह्न (कमल) से स्वागत करूंगी...ज़्यादा समझदारी दिखाई तो फिर कांग्रेस के चुनाव चिह्न (हाथ) से...उसके बाद भी अकड़ोगे तो फिर आप पार्टी का चुनाव चिह्न (झाड़ू) दरवाज़े के पीछे रखा है। ध्यान रहे।"

87. एक सीए ने ज़िंदगी भर बड़ी मेहनत की। ख़ूब पैसा कमाया, लेकिन वह महाकंजूस था। अपार धन इकट्ठा हो गया। जब मरने लगा तो बीवी को बुला कर कहा, "एक वादा करो...यह सारा पैसा दाहसंस्कार के समय मेरे साथ ही रख देना ताकि ऊपर जाकर मैं ख़र्च कर सकूं।"

बीवी : "मैं वादा करती हूं।"

मरने के बाद जब उसे ले जाने लगे तो बीवी बोली, "रुको...!" वह एक लिफ़ाफ़ा लाई और शव के साथ रख दिया।

भाई ने पूछा, "तो क्या हमारा सारा पैसा जल जाएगा?"

बीवी : "मैंने सारे पैसे का एक चैक बनाकर उनके साथ रख दिया। जब चाहेंगे कैश करा लेंगे!" आख़िर बीवी किसकी थी? सीए की...!!

❋

88. एक महिला को मुंबई में नौकरी मिल गई। वह अकेली ही नौकरी ज्वाइन करने पहुंची, वहां कंपनी ने उसे रहने के लिए एक फ़्लैट भी दे दिया। महिला ने सोचा कि अपने पति को सूचना दे दूं ताकि उन्हें चिंता न हो। उसने पति के लिए मोबाइल मे एसएमएस लिखा परंतु ग़लती से ग़लत नंबर पर भेज दिया।

जिस आदमी को वह एसएमएस मिला जिसकी पत्नी गुज़र गई थी और वह अभी-अभी अंतिम संस्कार करके लौटा था। एसएमएस पढ़कर वह आदमी बेहोश हो गया और उसे अस्पताल में भर्ती कराना पड़ा। एसएमएस में लिखा था, "मैं सही-सलामत पहुंच गई हूं और यहां रहने के लिए अच्छी जगह मिल गई है। आप बिलकुल चिंता मत करना बस 1-2 दिन में ही मैं आपको भी बुला लूंगी। आपकी पत्नी।"

❋

89. ऑपरेशन के लिए बेहोशी का इंजेक्शन लगाने से पहले, डॉक्टर ने महिला से पूछा, "आपकी उम्र?"

महिला ने कहा, "28 साल।"

डॉक्टर ने कहा, "आपको यक़ीन है ना कि आपकी यही उम्र है क्योंकि मुझे आपके उम्र के हिसाब से आपको बेहोशी की दवा की मात्रा निर्धारित करनी है।"

महिला ने कहा, “30 साल।”

डॉक्टर ने फिर कहा, “आप देख लीजिए, दवाई की कम या अधिक मात्रा से रोगी या तो ऑपरेशन के दौरान होश में आ जाता है या फिर कोमा में चला जाता है।”

महिला, “38 साल।”

डॉक्टर ने फिर कहा, “आप उम्र ग़लत बताएंगी तो दवाई की कमोबेशी मात्रा से सीधा-सीधा असर गुर्दे पर पड़ता है और वे फ़ेल भी हो सकते हैं।”

महिला ने चीख़ते हुए कहा, “49 साल, और अब भले ऑपरेशन थिएटर से मेरी लाश ही क्यों ना बाहर निकले, मैं इससे अधिक उम्र बिलकुल नहीं बढ़ाऊंगी!”

❋

90. अर्ज़ है :

“रोज़-रोज़ वज़न नापकर क्या करना है?

एक दिन तो सबको मरना है।

चार दिन की है ज़िंदगी, खा लो जी भर के।

अगला जनम फिर 3 किलो से शुरू करना है...”

❋

91. पति, “ये कैसा खाना बनाया है तुमने, बिलकुल गोबर जैसा??”

पत्नी, “हे भगवान! इस आदमी ने हर चीज़ चख रखी है...”

❋

92. सब्ज़ी वाला सब्ज़ी पर पानी छिड़क रहा था। जब काफ़ी देर हो गई, कस्टमर गुस्से में बोला, “भाई साहब, अगर भिंडी को होश आ गया हो तो एक किलो दे दो...”

❋

93. पत्नी, “अगर मेरी शादी किसी ‘राक्षस’ से भी हो जाती तो मैं इतनी परेशान नहीं होती जितनी तुम्हारे साथ हूं।”

ग़ज़ब का जवाब :

पति, “पगली! ख़ून के रिश्तों में शादियां कहां होती हैं...!!”

❋

94. पंजाबी ने अपने तोते से पूछा, “जलेबी खाणी आ?”

मिट्ठू, “अपनी मां नूं खवा सालेया! पहले मिर्ची खवा-खवा के बवासीर कर दित्ती! हुण जलेबी खवा के शुगर कराणी ए??”

❋

95. संता : “जल्दी से यहां एम्बुलेंस भेज दीजिए, मेरे दोस्त को एक गाड़ी ने टक्कर मार दी है। उसके नाक से और कान से ख़ून बह रहा है। शायद उसकी टांग भी टूट गई है।”

ऑपरेटर : “आप किस जगह पर हैं कृपया उसका नाम बता दीजिए।”

संता : “इंद्रप्रस्थ पर।”

ऑपरेटर : “आप मुझे इंद्रप्रस्थ की स्पेलिंग बता दीजिए।”

(आगे से कोई आवाज़ नहीं आई।)

ऑपरेटर : “सर! क्या आपको मेरी आवाज़ आ रही है?”

(दूसरी तरफ़ से अभी भी कोई आवाज़ नहीं आई।)

ऑपरेटर : “सर! प्लीज़, जवाब दीजिए। क्या आप मुझे सुन रहे हैं?”

संता : “हां-हां, मैं उसे घसीट कर ITO (आईटीओ) चौराहे पर ले आया हूं। आप ITO की स्पेलिंग लिखो - ITO...”

❋

96. टीचर, “देखता हूं मेरे इन पांच प्रश्नों का सबसे पहले उत्तर कौन देता है :

1. दिल्ली में किस पार्टी की सरकार है?

2. जम्मू-कश्मीर की पूर्व महिला मुख्यमंत्री कौन है?

3. अमेरिका के राष्ट्रपति का चुनाव कितने वर्षों में होता है?

4. लोक सभा में कितने सदस्य हैं?

5. व्हेल अंडे देती है या बच्चे देती है?"

इन पांचों प्रश्नों का जब एक बच्चे ने एक साथ उत्तर दिया तो अर्थ का अनर्थ हो गया :

"आप की, महबूबा, चार वर्ष में, 545, बच्चे देती है।"

❋

97. गांव में प्रवचन हो रहे थे...

महाराज बोले, "मृत्यु एक अटल सत्य है। इस गांव का प्रत्येक मनुष्य कभी ना कभी अवश्य मरेगा।"

महाराज के वचन सुनकर वहां उपस्थित गांव के सभी लोग रोने लगे। उन्हीं के बीच बैठा झमलू ज़ोर-ज़ोर से हंसने लगा। महाराज को उस पर बहुत दया आई। उन्होंने पूछा, "क्यों हंस रहे हो?"

झमलू, "मैं इस गांव का नहीं हूं!!"

महाराज ने उसे तबला फेंककर मारा!

❋

98. टीचर ने बच्चे की कॉपी पर नोट लिखकर भेजा - "कृपया बच्चों को नहलाकर भेजा करें।"

जवाब में बच्चे की मां ने लिखा - "कृपया बच्चों को पढ़ाया करें। सूंघा न करें।"

❋

99. रोहित का बीवी से झगड़ा हुआ।

बीवी यह कहकर मायके चली गई कि अब वापस कभी नहीं आऊंगी...

दो दिन बाद रोहित ने फ़ोन करके कहा, "जानू! मुझसे ग़लती हो गई मुझे माफ़ कर दो और घर लौट आओ।"

बीवी ने पूछा, "तुम्हारे क़रीब में कोई गिलास है...??"

रोहित ने कहा, "हां है...!"

बीवी, "उसे ज़ोर से ज़मीन पर पटको..."

रोहित ने वैसा ही किया जैसा बीवी ने कहा।

बीवी बोली, "अब उस टूटे हुए गिलास के हज़ारों टुकड़ों को उठाकर दोबारा जोड़ सकते हो...??"

रोहित ने जवाब दिया, "नहीं। गिलास नहीं टूटा है स्टील का है..."

बीवी, "बड़े कमीने हो...शाम को आ जाओ लेने।"

❋

100. टीचर : "अब मैं तुमसे एक ऐसा प्रश्न पूछने जा रहा हूं जिसका जवाब तुम लोग सात जन्मों तक नहीं दे सकते!"

स्टूडेंट : "पूछें सर!"

टीचर : "बच्चों! बताओ एक बाइक पर 13 लोग कैसे बैठेंगे...??"

स्टूडेंट : "सिंपल है सर...एक ड्राइवर और दो छक्के।"

❋

101. शादीशुदा औरतों से एक सेमिनार में एक सवाल पूछा गया :

"आपने लास्ट टाइम अपने पतियों को 'आई लव यू' कब बोला था?"

किसी ने कहा, "आज ही बोला है।"

किसी ने कहा, "दो दिन पहले बोला है।"

किसी ने कहा, "दस दिन पहले बोला है।"

फिर सब औरतों से कहा गया, "सब अपने-अपने मोबाइल फ़ोन से अपने अपने पतियों का 'आई लव यू' लिखा हुआ मैसेज करेंगी और जिसका सबसे अच्छा रिप्लाई आएगा उसको सरप्राइज गिफ़्ट मिलेगा!"

सब औरतों ने मैसेज कर दिया।

कुछ देर बाद उनके पतियों के रिप्लाई आने शुरू हो गए, जो कुछ इस तरह से थे :

1. तुम्हारी तबियत तो ठीक है ना?
2. घर में पैसे ख़त्म हो गए क्या?
3. कहीं तुम मायके तो नहीं जा रही हो?
4. लगता है आज घर पर खाना नहीं बनेगा?
5. क्या मतलब?
6. तुम सपने में हो या मैं सपना देख रहा हूं?
7. किसी पार्टी में किसी की ज्वेलरी पसंद आ गई क्या?
8. ऑफ़िस में इतनी टेंशन है, और तुम्हें रोमांस सूझ रहा है?
9. कितनी बार कहा है सीरियल मत देखा करो।
10. आज फिर से गाड़ी ठोक दी क्या?

अंततः जिसको सरप्राइज गिफ़्ट मिला, उसका रिप्लाई बड़ा ख़तरनाक था...

11. I Love You 2 But who Are You? (मैं भी तुमसे प्यार करता हूं लेकिन तुम हो कौन?)

*

102. एक आदमी अस्पताल में आख़िरी सांसें गिन रहा था। एक नर्स और उसके परिवार वाले उसके बिस्तर के पास खड़े थे। आदमी अपने बड़े बेटे से बोला, "बेटा! तू मेरे मिलेनियम सिटी वाले 15 बंगले ले ले।"

बेटी से बोला, "बेटी! तू सोनीपत सेक्टर 14 के बंगले ले ले।"

छोटे बेटे से बोला, "तू सबसे छोटा है और मुझे सबसे ज़्यादा प्यारा भी है, इसलिए तुझे मैं ग्रीन पार्क की 20 दुकानें देता हूं।"

आख़िर में आदमी ने अपनी पत्नी से बोला, "मेरे बाद तुम्हें पैसों के लिए किसी का मुंह न ताकना पड़े, इसलिए डीएलएफ़ वाले 12 फ़्लैट तुम अपने पास रख लो।"

पास में खड़ी नर्स यह सब सुनकर आदमी की पत्नी से बोली, "आप बहुत भाग्यशाली हैं कि आपको इतने अमीर पति मिले, जो इतनी सारी जायदाद देकर जा रहे हैं।"

आदमी की पत्नी, "कौन अमीर? कैसी जायदाद? अरे, ये पेपर वाला है...हम सबको सुबह-सुबह पेपर डालने की ज़िम्मेदारियां बांट रहे हैं!!!"

❋

103. बिहारी धमाका।

टीचर (लड़के से) : "काहे बे...कल स्कूल काहे नहीं आए...?"

लड़का : "काहे...कल जो आए रहें...उनको कलेक्टर बना दिए हो का??"

❋

104. जाट को खेत में ट्यूबवेल लगवाना था! सोचा कि पंडित जी से पूछ लूं कि पानी कहां होगा?

पंडित जी ने सारे खेत में घूमकर एक कोने में हाथ रख दिया और बोला कि यहां ट्यूबवेल लगवा लो और 1100 रुपये ले लिए। जाट बेचारा भुरभुरे स्वभाव का था।

पंडित जी से बोला, "मैं बहुत ख़ुश हूं। आप मेरे घर खाना खाने आओ!"

पंडित जी ने सोचा कि फंस गया असामी आज तो...और हां कर दी!

जाट घर जाकर अपनी पत्नी से बोला, "पंडित जी जिम्मण आवेंगे। खाना बना ले और एक कटोरी में नीचे देसी घी और ऊपर चावल डाल दिये!"

पत्नी बोली, "घी तो ऊपर होता है।"

जाट बोला, "आज तू घी नीचे रखिए!"

पंडित जी आ गए और चावल वाली कटोरी देखकर बोले, "बेटा! इसमें घी तो है ही नहीं।"

जाट ने चप्पल निकाल कर एक धरी पंडित के कान के नीचे और बोला, "तन्ने खेत में 250 फुट नीचे का पानी देख लिया, कटोरी में 2 इंच नीचे घी नहीं दिक्ख्या।"

105. एक बुढ़िया का दिमाग़ बहुत ही काला था।

सास : "दामाद जी! आप तो एक महीना यहां रुको दूध, दही खाओ। मौज करो। आराम से रहो यहां।"

दामाद : "अरे वाह सासू मां! आज बड़ा प्यार आ रहा है मुझ पर?"

सास : "अरे प्यार-व्यार कुछ नहीं कलमुंहे! वो हमारी भैंस का बच्चा मर गया, कम से कम तुम्हें देखकर दूध तो देती रहेगी।"

❋

106. वो दिन भी दूर नहीं जब दीवारों पर लिखा मिलेगा...

"14 दिन में फ़ेसबुक या वॉट्स एप छुड़वाएं गारंटी से। पुराने बस स्टैंड के पीछे मिलें हर बुधवार को।"

❋

107. एक औरत अपने आशिक़ के साथ घूम रही थी...

इतने में उसका पति आ गया और उसके आशिक़ को पीटने लगा।

औरत : "मार साले को! अपनी बीवी को घुमाते नहीं, दूसरों की बीवी को घुमाने ले जाते हैं।"

इतने में आशिक़ को जोश आया और वो उसके पति को पीटने लगता है।

औरत : "मार साले को! ना खुद घुमाने ले जाता है और ना किसी और को घुमाने देता है।"

❋

108. एक लड़का पार्क में पेड़ के पीछे अपनी गर्लफ़्रेंड के साथ खड़ा था।

एक बूढ़ा आदमी पास से गुज़रा और बोला, "बेटे! क्या यह हमारी संस्कृति है?"

लड़का, "नहीं अंकल, यह तो मल्होत्रा अंकल की संगीता है। आप दूसरे पेड़ के पीछे चेक कीजिए।"

109. एक बूढ़ा बस में सीट पर अकेला बैठा था। तभी एक बुढ़िया आई और उसके बग़ल में बैठ गई। कुछ देर बाद बुढ़िया बूढ़े से बोली, "अंकल जी! कहां जा रहे हो?" तो बूढ़ा चुप बैठा रहा। बुढ़िया फिर बोली, "अंकल जी! कहां जा रहे हो??"

अब बूढ़े से चुप नहीं रहा गया और बोला, "बेटी! तू बहुत सुंदर है, जवान है, तेरे ख़ातिर लड़का देखने जा रहा हूं।"

❋

110. आज विद्यालय में बहुत चहल-पहल है। सब कुछ साफ़-सुथरा, एकदम सलीक़े से। सुना है निरीक्षण के लिए कोई साहब आने वाले हैं। पूरा विद्यालय चकाचक।

नियत समय पर साहब विद्यालय पहुंचे। ठिगना क़द, रौबदार चेहरा, और आंखें तो जैसे जीते जी पोस्टमार्टम कर दें।

पूरे परिसर के निरीक्षण के बाद उन्होंने कक्षाओं का रुख़ किया।

कक्षा पांच के एक विद्यार्थी को उठाकर पूछा, "बताओ देश का प्रधानमंत्री कौन है?"

बच्चा बोला, "जी राम लाल।"

साहब बोले, "बेटा प्रधानमंत्री?"

बच्चा, "राम लाल।"

अब साहब गुस्साए, "अबे! तुझे कक्षा पांच में किसने पहुंचाया? पता है मैं तेरा नाम काट सकता हूं।"

बच्चा, "कैसे काटोगे? मेरा तो नाम ही नहीं लिखा है। मैं तो बाहर बकरी चरा रहा था। इस मास्टर ने कहा कि कक्षा में बैठ जा दस रुपये मिलेंगे। तो तू ये बता रुपये तू देगा या मास्टर?"

साहब भुनभुनाते हुए मास्टर जी के पास गए, कड़क आवाज़ में पूछा, "क्या मज़ाक़ बना रखा है। फ़र्ज़ी बच्चे बैठा रखे हैं। पता है मैं तुम्हें नौकरी से बर्ख़ास्त कर सकता हूं।"

मास्टर : "कर दे भाई। मैं कौन सा यहां मास्टर हूं। मास्टर तो मेरा पड़ोसी दुकानदार है। वो दुकान का सामान लेने शहर गया है। कह रहा था एक खूसट साहब आएगा झेल लेना।"

अब तो साहब का गुस्सा सातवें आसमान पर था। पैर पटकते हुए प्रधानाध्यापक के सामने जा पहुंचे। चिल्लाकर बोले, "क्या अंधेरगर्दी है, शरम नहीं आती। क्या इसी के लिए तुम्हारे स्कूल को सरकारी इमदाद मिलती है? पता है मैं तुम्हारे स्कूल की मान्यता समाप्त कर सकता हूं, जवाब दो प्रिंसिपल साहब!"

प्रिंसिपल ने दराज़ से सौ रुपये की एक गड्डी निकाल कर मेज़ पर रखी और बोला, "मैं कौन सा प्रिंसिपल हूं। प्रिंसिपल तो मेरे चाचा हैं। प्रॉपर्टी डीलिंग भी करते हैं आज एक सौदे का बयाना लेने शहर गए हैं। कह रहे थे, एक कमबख़्त निरीक्षण को आएगा। उसके मुंह पर ये गड्डी मारना और दफ़ा करना।"

साहब ने मुस्कराते हुए गड्डी जेब के हवाले की और बोले, "आज बच गए तुम सब। अगर आज मामाजी को सड़क के ठेके के चक्कर में शहर ना जाना होता, और अपनी जगह वो मुझे ना भेजते तो तुम में से एक की भी नौकरी नहीं बचती।"

❋

111. एक मोटे आदमी ने न्यूज़ पेपर में विज्ञापन देखा - 'एक सप्ताह में 5 किलो वज़न कम कीजिए।'

उसने उस विज्ञापन वाली कंपनी में फ़ोन किया तो एक महिला ने जवाब दिया और कहा, "कल सुबह 6 बजे तैयार रहिए।"

अगली सुबह उस मोटे आदमी ने दरवाज़ा खोला तो देखा कि एक ख़ूबसूरत लड़की जॉगिंग सूट और शूज़ पहने तैयार खड़ी है।

लड़की बोली, "मुझे पकड़ो और मुझे किस कर लो।" यह कहकर लड़की दौड़ पड़ी।

मोटू भी पीछे दौड़ा मगर उसे पकड़ नहीं पाया।

पूरे हफ़्ते रोज़ मोटू ने उसे पकड़ने का प्रयास किया लेकिन उस लड़की को पकड़ नहीं पाया और उसका 5 किलो वज़न कम हो गया।

फिर मोटू ने 10 किलो वज़न कम करने वाले प्रोग्राम की बात की।

अगली सुबह 6 बजे उसने दरवाज़ा खोला तो देखा कि पहले वाली से भी ख़ूबसूरत लड़की जॉगिंग सूट और शूज़ में खड़ी है।

लड़की बोली, "मुझे पकड़ो और मुझे किस कर लो।" सिर्फ़ 2 हफ़्ते में मोटू का 10 किलो वज़न घट गया।

मोटू ने सोचा वाह क्या बढ़िया प्रोग्राम है! क्यूं ना 25 किलो वाला प्रोग्राम आज़माया जाए।

उसने 25 किलो वाले प्रोग्राम के लिए फ़ोन किया। तो महिला ने जवाब दिया और कहा, "क्या आपका इरादा पक्का है? क्योंकि ये प्रोग्राम थोड़ा कठिन है।"

मोटू बोला, "हां।"

अगली सुबह 6 बजे मोटू ने दरवाज़ा खोला तो देखा कि दरवाज़े पर जॉगिंग सूट और शूज़ पहने एक काली भुजंग लड़की खड़ी है...

लड़की बोली, "मैंने तुम्हें पकड़ लिया तो मैं तुम्हें किस करूंगी।"

बस तो फिर क्या? अब तो भाग मिल्खा भाग।

❋

112. टीचर : "अपने पापा का नाम अंग्रेज़ी में बोलो?"

स्टूडेंट : "ब्यूटिफुल रेड अंडरवियर।"

टीचर : "क्या बकवास है हिंदी में बताओ?"

स्टूडेंट : "सुंदर लाल चड्डा।"

❋

113. एक पंचायत ऑफ़िस के बाहर लिखा था -

"अंगूठा लगाने के बाद अंगूठे पर लगी स्याही को दीवार पर नहीं पोंछें।"

किसी ने नीचे बड़ा अच्छा वाक्य लिख दिया...

"अरे पागलों! ऊपर लिखी सूचना पढ़ना आता तो अंगूठा ही क्यों लगाते????"

❋

114. टीचर : "बच्चों! बताओ कि पुराने समय में श्री लंका को सोने की लंका क्यों कहा जाता था?"

स्टूडेंट : "क्योंकि कुंभकरण वहां दिन-रात सोता रहता था।"

❋

115. दोस्त आए थे क़बर पे दिया जलाने के लिए...

दोस्त आए थे क़बर पे दिया जलाने के लिए...

रखा हुआ फूल भी ले गए कमीने, वेलेंटाइन डे मनाने के लिए।

❋

116. पति रोज अपनी नाराज़ बीवी के घर फ़ोन करता...

सास : "कितनी बार कहा है वो तुम्हारे लिए मर चुकी है तो बार-बार फ़ोन क्यों करते हो?"

पति : "सुनकर अच्छा लगता है।"

❋

117. चुहिया पेड़ पर चढ़ी, तो बंदर ने पूछा..."ऊपर क्यों आई हो?"

चुहिया : "सेब खाने।"

बंदर : "यह तो आम का पेड़ है।"

चुहिया : "तू ज़्यादा चौधरी मत बन, सेब साथ लाई हूं।"

❋

118. एक आदमी अपनी बीवी को दफ़नाकर घर जा रहा था कि अचानक बिजली चमकी, बादल गरजे और ज़ोर की तूफ़ानी बारिश शुरू हुई। माहौल अफ़रा-तफ़री वाला हो गया। दुखी आदमी आसमान की तरफ़ देखते हुए बोला, "लगता है पहुंच गई।"

119. अर्ज किया है...

एलआईसी वाले भी ग़ज़ब ढाते हैं...वाह!...वाह!!

एलआईसी वाले भी ग़ज़ब ढाते हैं...

दूसरों की बीवियों के पास घंटों बैठकर, उन्हें उनके पति की मौत के फ़ायदे समझाते है।

❋

120. राहुल : "ये किस चीज़ का खेत है?"

किसान : "यह कपास का खेत है, जिससे कपड़े बनाए जाते हैं।"

राहुल : "इसमें पजामा वाला पौधा कौन सा है??"

❋

121. सरदार का पड़ोसी मर गया, वो उसके घर गया और पूछने लगा : "बॉडी आ गई क्या?"

तभी बॉडी लेकर एम्बुलेंस आ गई।

सरदार : "लो बताओ...कितनी लंबी उम्र है।"

❋

122. मैं घर लेट आया तो पापा ने पूछा : "कहां था कमीने?"

मैंने कहा : "दोस्त के घर पर था।"

तो पापा ने मेरे सामने मेरे 10 दोस्तों को फ़ोन लगाया।

चार दोस्तों ने कहा, "जी अंकल यहीं पर था।"

तीन ने कहा, "यहीं पर है अंकल, पढ़ रहा है। फ़ोन दूं क्या...?"

एक कमीने ने हद कर दी। वो मेरी आवाज़ में बोला, "जी पापा! बोलो क्या हुआ?"

यह सुनकर तो पापा भी हंस पड़े और बोले, "कमीने! आज पता चला कि दोस्त ज़िंदगी में नहीं मिलते बल्कि ज़िंदगी दोस्तों में मिलती है।"

123. संता और बंता दोनों भाई एक ही क्लास में पढ़ते थे।

अध्यापिका : "तुम दोनों ने अपने पापा का नाम अलग-अलग क्यों लिखा?"

संता : "मैडम! फिर आप कहोगे नक़ल मारी है, इसीलिए।"

✻

124. भक्त : "बाबा मेरी शादी नहीं हो रही!"

निर्मल बाबा : "तसवीर किसकी रखते हो जेब में ?"

भक्त : "नरेंद्र मोदी की...!"

निर्मल बाबा : "वहीं कृपा रुकी हुई है, दिग्विजय सिंह की तसवीर रखा करो जेब में! बुढ़ापे तक शादी होती रहेगी।"

✻

125. महिला : "पंडित जी मेरी शादी को 5 साल हो गए, पर एक भी बच्चा नहीं हुआ।"

पंडित : "मैं केदारनाथ जा रहा हूं। वहां तुम्हारे नाम का दिया जलाऊंगा, जिससे तुम्हारी मनोकामना पूरी होगी।"

10 साल बाद, पंडित उसके घर आया और देखा घर में 10 बच्चे थे।

पंडित : "बधाई हो, बच्चों के पापा कहां हैं?"

महिला : "केदारनाथ गए हैं, दिया बुझाने।"

✻

126. पागल हैं वे लोग जो 14 फ़रवरी को प्रपोज करते हैं। मैं तो कहता हूं 1 अप्रैल को करना चाहिए। मान गई तो 'कूल,' नहीं तो दीदी 'अप्रैल फूल!'

✻

127. बाज़ार में एक महिला को अपने दोनों हाथों में भर-भर के मेहंदी लगवाने के बाद याद आया कि वो स्कूटी पर अकेले ही आई है। वो परेशान खड़ी थी कि तभी उसके एक पड़ोसी सज्जन ने उसे पहचान लिया और फिर उसी की स्कूटी पर उसे घर तक छोड़ दिया।

घर पहुंचने पर पड़ोसी को याद आया कि, अपनी बाइक और बीवी दोनों को तो वो, बाज़ार में ही छोड़ आया है।

❋

128. अध्यापक : "बच्चों! तुममें से स्वर्ग कौन-कौन जाएगा?"

सबने हाथ खड़ा कर दिया...

केवल एक छोटी लड़की ने नहीं किया।

अध्यापक : "तुम क्यों नहीं जाना चाहतीं?"

लड़की : "मां ने कहा है कि स्कूल से सीधी घर नहीं आई तो टांगें तोड़ दूंगी।"

❋

129. पति : "एक तुम ही हो जो इस घर को स्वर्ग बना सकती हो।"

पत्नी (ख़ुश होकर) : "वह कैसे?"

पति : "अपने मायके जाकर।"

❋

130. अच्छे-ख़ासे आदमी की भूख मर जाती है जब बीवी कहती है -

"खाना खा लो फिर कुछ बात करनी है!!"

❋

131. शादी के पहले मां ने बेटी को सलाह दी -

"बेटी! ध्यान रखना कि यदि पति पहली बार रूठे तो रब रूठे,

दूसरी बार रूठे तो दिल टूटे,
तीसरी बार रूठे तो जग छूटे,
और अगर बार-बार ही रूठता ही रहे तो...
निकाल डंडा मार साले को, जब तक डंडा ना टूटे...!"

❋

132. पत्नी बीमार पति को पीट रही थी। सास ने वजह पूछी।

पत्नी : "मां जी! आयुर्वेदिक दवाई लाई थी। वैद्य जी ने कहा था, अच्छे से कूटकर देना, मां जी।"

❋

133. एक आदमी जब ससुराल से बीवी लेकर चलने लगा, तो उसकी सास ने उसको 100 रुपये दिए, लेकिन घर पहुंचते ही उसने पत्नी से कहा : "तेरी मां ने मेरी बेइज़्ज़ती कर दी। मैं 150 रुपये के केले लेकर गया था, और उनको मुझे 100 रुपये पकड़ाते शरम नहीं आई?"

इतना सुनकर पत्नी माथा पकड़कर बैठ गई, और बोली : "तू मुझे लेने गया था, या वहां केले बेचने गया था?"

❋

134. एक आदमी ने अपनी पत्नी को सुबह-सुबह बैंक की लाइन में खड़ा करवा दिया और खुद ऑफ़िस चला गया। शाम को जब वापस आया तो पत्नी बोली, "धूप में खड़े-खड़े दो बजे बैंक के दरवाज़े में घुसी और तीन बजे कैशियर के सामने पहुंची, मुझे खड़ाकर वो चाय पीने चला गया...! आधे घंटे बाद आया और कम्प्यूटर पर बैठकर बोला कि सॉरी मैम पैसे नहीं हैं...आपकी क़सम, मुंह मिर्ची खाए जैसा हो गया, मेरे तो तन-बदन में आग लग गई। सारे दिन रोई, परेशान हुई, घर का सारा काम छोड़ कर भूखी-प्यासी इतनी देर खड़ी-खड़ी पांव तोड़े और आख़िर में यह जवाब? पैसे नहीं हैं...!"

पति गुस्सा करता हुआ बोला, "और तुम पागलों जैसी यूं ही आ गईं...? उनका कुछ कर नहीं पाईं...? मुझ पर तो आज तक 15 बेलन तोड़ चुकी हो। कम

से कम एक बेलन उन पर तोड़ आतीं तो उनको भी कुछ मालूम पड़ता।"

पत्नी बहुत ही धीरज से बोली, "बेलन तो आज एक और टूटेगा...! पैसा बैंक में नहीं तुम्हारे खाते में नहीं थे...!"

❋

135. संता सिंह अपनी गर्लफ्रेंड को लेकर होटल में गया।

संता : "बोलो जान, क्या मंगाऊं ?"

गर्लफ्रेंड : "मेरे लिए तो पिज़्ज़ा मंगा लो और अपने लिए एम्बुलेंस मंगा लो।"

संता : "अरे! एम्बुलेंस क्यों?"

गर्लफ्रेंड : "पीछे देखो। तुम्हारी बीवी खड़ी है।"

❋

136. कर्मचारी : "सर छुट्टी चाहिए..."

बॉस : "छुट्टी एक ही शर्त पर मिलेगी, बताओ कि कटप्पा ने बाहुबली को क्यों मारा?"

कर्मचारी : "सर! हो सकता है बाहुबली ने कटप्पा को छुट्टी न दी हो।"

बॉस : "कितने दिन की छुट्टी चाहिए???"

❋

137. फ़्लाइट में एक महिला अपने बच्चे को टॉयलेट में बैठाकर उससे बोली : "तुम करो, मैं पांच मिनट में आई।"

बालक दो मिनट में ही बाहर निकलकर मां से विपरीत दिशा में चला गया।

इस बीच एक सरदारजी टॉयलेट में घुसे और दरवाज़ा बंद कर लिया।

पांच मिनट बाद महिला ने दरवाज़ा खटखटाया और कहा, "हो गई हो तो धुलवा के पतलून पहना दूं?"

दरवाज़े के पीछे सरदारजी आश्चर्यचकित होकर बोले : "ओ तेरी...इसको कहते है सर्विस!"

138. संता लंगर की लाइन में लगकर बोला : "चार रोटी दे दो।"

सेवादार : "वीर जी! सब्जी वी ले लो।"

संता : "नहीं-नहीं बस रोटी लेनी है, घर में मीट बना है।"

दे थप्पड़, दे थप्पड़।

❋

139. पत्नी : "तुम हर बात में मेरे मायके वालों को क्यों बीच में लाते हो? जो बोलना हो सीधे मुझे बोला करो।"

पति : "देखो! अब टीवी में कोई ख़राबी आ जाए तो कोई टीवी को थोड़े ही कुछ बोलता है...गाली तो कंपनी वाले ही खाते हैं ना?"

❋

140. पत्नी : "पूजा किया करो, बड़ी बलाएं टल जाती हैं।"

पति : "तेरे बाप ने बहुत की होगी, उसकी टल गई, मेरे पल्ले पड़ गई।"

❋

141. सुबह पत्नी चाय-नाश्ता पूछने आई तो मैंने कहा, "बना दो।" फिर रुक कर पूछने लगी, "जी! ये अटल बिहारी वाजपेयी को भारत रत्न मिल रहा है। ऐसा कौन सा बड़ा काम किया था उन्होंने?"

मैंने कहा, "शादी नहीं की थी।" बस उसके बाद ना चाय आई ना नाश्ता।

❋

142. सुबह जब ऑफ़िस के लिए निकला तो श्रीमती जी बोलीं : "भगवान के आगे हाथ जोड़कर घर से निकला करो...सब काम अच्छे होते हैं।"

मैंने कहा : "मैं नहीं मानता...शादी वाले दिन भी हाथ जोड़कर ही घर से निकला था।"

❋

143. दामाद अपनी सास से कहता है : "आपकी बेटी में तो हज़ारों कमियां हैं।"

सास : "हां बेटा, इसी वजह से तो उसे अच्छा लड़का नहीं मिला।"

❋

144. बीवी (पति से) : "सुनिए जी! वो आदमी दारू पीकर नाच रहा है ना, मैंने उसे 10 साल पहले रिजेक्ट कर दिया था।"

पति : "बताओ, साला अभी तक सेलिब्रेट कर रहा है।"

❋

145. पप्पू अपनी ससुराल में गुरु जी का प्रवचन सुनने गया!

गुरु जी बोले : "जो-जो स्वर्ग जाना चाहता है, वह अपना हाथ ऊपर करे।"

पप्पू की बीवी और सास ने हाथ ऊपर उठाया!

गुरु जी ने पप्पू से पूछा, "क्या तुम स्वर्ग नहीं जाना चाहते?"

पप्पू : "गुरु जी, ये दोनों चली जाएंगी तो मेरे लिए यहीं पर स्वर्ग हो जाएगा।"

गुरु जी अपने चेलों से बोले, "इस ज्ञानी पुरुष को अपनी टीम में शामिल कर लो।"

❋

146. "हनीमून का कोई सस्ता पैकेज है क्या?" एक महिला ने पूछा।

एजेंट बोला : "जी मैडम 50,000 में 3 रात और 4 दिन का बैंकॉक का पैकेज है।"

महिला : "और कोई सस्ता पैकेज?"

एजेंट : "कश्मीर का 3 रात और 4 दिन का 35,000 में..."

महिला : "इससे भी कोई सस्ता??"

एजेंट : "जी मैडम...एक स्पेशल ऑफ़र है 10 रात और 11 दिन लंदन और पेरिस के होटल के हनीमून सुईट में रहना और खाना-पीना फ़्री...आना और जाना फ़्री...और वहां घूमने के लिए कार ड्राइवर के साथ फ़्री!"

महिला ख़ुशी से उछल पड़ी, "वाह...ग़ज़ब का ऑफ़र है...पर इसमें ज़रूर कोई कंडीशन होगी...?"

एजेंट : "जी मैडम...इसमें हसबैंड हमारी तरफ़ से होता है।"

❋

147. एक जाट के पड़ोस में मुल्ला रहता था। मुल्ले की बेगम गुज़र गई। जाट ने सोचा मुल्ले के पास पैसे हैं, कुछ आमदनी की जाए।

जाट छाती पीटता हुआ मुल्ले के घर जाकर रोते हुए कहने लगा, "मैं सलमा से बहुत प्यार करता था। मैं उसके बिना कैसे जिऊंगा, मुझे भी सलमा बेगम के साथ दफ़ना आओ।"

मुल्ला हाथ जोड़कर बोला, "चौधरी! दूर-दूर से रिश्तेदार आने वाले हैं। ऐसा मत कर। बहुत बेइज़्ज़ती होगी।"

जाट ने कहा, "ठीक है, एक लाख रुपये दे दे, मैं चुपचाप चला जाऊंगा।"

मुल्ला ने एक लाख रुपये दे दिए और जाट ख़ुशी-ख़ुशी अपने घर चला गया। कुछ दिन बाद जाटनी मर गई।

मुल्ले ने सोचा कि अब मौक़ा आया है - जाट से ब्याज समेत पैसे वापस लेने का।

मुल्ला रोता हुआ जाट के घर जाकर बोला : "मेरा और जाटनी का बहुत प्यार था मैं भी इसके साथ मरूंगा, मुझे भी इसके साथ फूंक आओ।"

यह सुनकर जाट अपने लड़कों से बोला : "छोरो, थारी मां कहे तो करै थी कि मेरा एक मुल्ले तै प्यार है। अच्छा तो ये ही है वो मुल्ला...फूंक आओ इसने भी अपनी मां के साथ।"

मुल्ला बोला : "चौधरी! माफ़ कर दे। मैं तो मज़ाक़ कर रहा था।"

जाट बोला : "ठीक है, दो लाख रुपये ले आ, वरना लड़के तनै फूकन नै तैयार खड़े हैं।"

❋

148. पत्नी : "मैं बचूंगी नहीं, मर जाऊंगी!"

पति : "मैं भी मर जाऊंगा!"

पत्नी : "मैं तो बीमार हूं इसलिए मर जाऊंगी लेकिन तुम किसलिए??"

पति : "मैं इतनी ख़ुशी बर्दाश्त नहीं कर पाऊंगा।"

❋

149. एक ढोली शादी में ढोल बजा रहा था। उसके ढोल के दोनों तरफ़ दो महिलाओं के फ़ोटो थे। यह देखकर एक बुज़ुर्ग ने कहा, "तुम सुंदरता के पुजारी लगते हो।"

ढोली बोला, "पुजारी जैसी कोई बात नहीं है। एक तरफ़ मेरी सास का फ़ोटो है और दूसरी तरफ़ आप समझ ही गए होंगे...? घर पर तो मौक़ा मिलता नहीं इसलिए यहां दे दना दन..."

❋

150. हवलदार : "सर! कल रात सभी क़ैदियों ने जेल में *रामायण* का प्ले किया था।"

जेलर : "यह तो अच्छी बात है, इसमें इतना परेशान क्यों हो रहे हो?"

हवलदार : "सर! परेशानी ये है कि हनुमान बना क़ैदी अभी तक 'संजीवनी' लेकर वापस नहीं आया है।"

❋

151. डॉक्टर : "कितने पैग पीते हो?"

पेशेंट : "आठ।"

डॉक्टर : "चार कर दो और एक हफ़्ते बाद आना।"

एक हफ़्ते बाद...

डॉक्टर : "कैसा लग रहा है?"

पेशेंट : "बहुत अच्छा।"

डॉक्टर : "अब दो पैग कर दो और एक हफ़्ते बाद आना।"

एक हफ़्ते बाद...

डॉक्टर : "अब कैसा लग रहा है।"

पेशेंट : "बहुत अच्छा।"

डॉक्टर : "ठीक है, अब एक पैग कर दो।"

पेशेंट : "नहीं करूंगा...बिलकुल नहीं करूंगा...मैं पहले पूरी बोतल के आठ पैग बनाता था और आपने आठ से चार करवा दिए, चार से दो करवा दिए। और अब दो से एक कैसे करूं?? बाज़ार में इतना बड़ा गिलास नहीं मिलता कि पूरी बोतल उस में आ जाए।"

❋

152. एक इंजीनियर को यह देखकर हैरत हुई कि बैल बैलगाड़ी खींच रहा है और किसान पीकर बैलगाड़ी में टुन्न पड़ा है।

इंजीनियर ने किसान से कहा, "अगर बैल रुक जाए तो तुम्हें पता ही नहीं चलेगा।"

किसान : "पता चल जाएगा इंजीनियर साहिब, उसके गले में बंधी घंटी भी रुक जाएगी।"

इंजीनियर ने एक मिनट में सोचा और बोला, "अच्छा अगर यह एक जगह खड़ा होकर बस अपना सिर हिलाता रहे तो घंटी बजती रहेगी और तुम समझोगे कि बैल चल रहा है।"

किसान ने बड़ी शांति से जवाब दिया, "हमारे बैल ने बीटेक नहीं किया हुआ है साहिब।"

❋

153. बीवी पति को सुधारने के लिए काले वस्त्र पहनकर घर के बाहर खड़ी हो गई।

पति : "तुम कौन हो?"

पत्नी : "चुड़ैल...!"

पति : "हाथ मिला, मैं तेरी बहन का पति...!"

❋

154. बहुत तेज़ बारिश हो रही थी।

एक बुज़ुर्ग महिला अलीगढ़ से दिल्ली जाने वाली बस में बैठी।

महिला (कंडक्टर से) : “ग़ाज़ियाबाद आ जाए तो बता देना।”

कंडक्टर : “ठीक है माता जी।”

कंडक्टर महिला को बताना भूल गया और बस ग़ाज़ियाबाद से आगे पहुंच गई।

महिला : “ग़ाज़ियाबाद आ गया?”

कंडक्टर : “माता जी, वो तो बहुत पीछे रह गया।”

महिला (रोती हुई) : “मुझे वापस ले चल बेटा...”

महिला को इतना रोता देख सभी यात्रियों ने कंडक्टर से बस वापस ले जाने को कहा। ग़ाज़ियाबाद पहुंचने पर कंडक्टर बोला : “माता जी, ग़ाज़ियाबाद आ गया। उतर जाओ।”

महिला : “उतरूं क्यों बेटा?”

कंडक्टर (हैरान होकर) : “तो बस वापस क्यों लाने को बोला?”

महिला : “मुझे डॉक्टर ने कहा था कि ग़ाज़ियाबाद पहुंचकर कैप्सूल खा लेना। दो मिनट रुक, कैप्सूल खा लूं जाना तो मुझे भी दिल्ली ही है।”

❋

155. गली से एक भिखारी गुज़र रहा था, एक घर का दरवाज़ा खुला था और अंदर एक बुढ़िया बैठी थी। उसे देख भिखारी बोला, “अम्मा! खाने के लिए रोटी दे दो।”

बुढ़िया : “रोटी तो अभी बनी नहीं है, बाद में आना।”

भिखारी : “ठीक है ये लो मेरा मोबाइल नंबर। जब बन जाए जो मिस कॉल मार देना।”

ये सुनकर बुढ़िया के होश उड़ गए पर वो कहां कम थी? बोली :

“मिस कॉल क्या करनी? जब बन जाएगी तो वॉट्स एप पर डाल दूंगी। वहीं से डाउनलोड करके खा लेना।”

❋

156. पति-पत्नी कार से किसी शादी में जा रहे थे, रास्ते में कार पंचर हो गई।

पति उतरा और टायर बदलने के काम पर लग गया। पत्नी भी उतरी और भुनर-भुनर करने लगी। सुनिए उसकी भुनर-भुनर -

"देखकर तो चला ही नहीं सकते हो नुकीले पत्थर पर ही गाड़ी चढ़ा दी। पंचर तो हुआ ही डेंट भी लगा दिया। पता नहीं कैसे ड्राइवर हो? बीवी को बैठाकर भी रफ़ चलाते हो, ज़रूर नज़र इधर-उधर होगी। पता नहीं किसने तुमको लाइसेंस दे दिया। एक काम ठीक से नहीं कर सकते। अब शादी में भी देर से पहुंचेंगे। सोचा था मेरी नई साड़ी से सब जलेंगी। अब तो वरमाला के बाद ही पहुंचेंगे। तुमसे तो मेरी कोई ख़ुशी देखी नहीं जाती। अरे! बड़े अजीब आदमी हो कुछ कहोगे भी कि गूंगे ही बने रहोगे? मेरी तो क़िस्मत ही फूटी थी कि तुम मिले।"

इतने में एक साइकल सवार आकर रुका और उसने पूछा, "भाई साहब! कुछ मदद करूं?"

पति, "भाई! तू इस मैडम से थोड़ी देर बात कर ले...तो मैं ये टायर लगा लूं!!!"

❋

157. एक फ़क़ीर घर के बाहर आवाज़ लगा रहा था :

"कोई बाबा नूं रोटी खवा दो।

बाबा चावल वी खा लेंदा।

बाबा आइसक्रीम वी खा लेंदा।

बाबा बर्गर वी खा लेंदा।"

घर के अंदर से आवाज़ आई : "बाबा 'जुत्तियां' वी खा लेंदा के नईं?"

बाबा : "ना पुत्तर ना, सख़्त चीज़ दी मनाई है!!!"

❋

158. शादीशुदा बीवी की 365 रातों की कहानी...

60 रातें पीरियड...

55 रातें सिरदर्द...

50 रातें मैं थकी हूं...

45 रातें सुबह जल्दी उठना है...

40 रातें तबीयत ठीक नहीं है...

25 रातें कल करेंगे...

50 रातें आज व्रत है...

40 रातें तो मम्मी के घर रहती है।

अब आदमी बेचारा पड़ोसन का मुंह ना ताके तो क्या करे??

❋

159. एक लेडी बालकनी से फिसलकर नीचे कचरे के डिब्बे में जा गिरी। यह देखकर संता बोला : "फेंकने वाला आदमी ज़्यादा शौक़ीन लगता है, वरना अभी 5-6 साल और चल सकती थी।"

❋

160. मुल्तानी बोली में साडी तहज़ीब -

"क्वार घोट दा हाल पूछण लगी-क्या हाल हेवे, कुछ फ़र्क़ हेवे?"

घोट : "हां, बुख़ार टुट गया पर लत विच बहूं दर्द हे।"

क्वार : "दिल छोटा न करो, बुख़ार टुट गया, लत वी टुट वेसी!"

❋

161. एक लड़के की सगाई एक बहुत ही ख़ूबसूरत लड़की के साथ तय हुई।

वो दोनों पूरे दिन वॉट्स एप पर चेटिंग करते रहते थे...

आख़िर उन दोनों की शादी हो गई। सुहागरात को लड़का, लड़की का घूंघट उठाकर बोला, "तुम वाक़ई बहुत खूबसूरत हो। बताओ हनीमून के लिए कहां चलें?"

लड़की शरमाती हुई बोली : "अदले हफ़्ते दम्मू ततमील तलें...??"
भइया! कम से कम एक कॉल तो कर लेना चाहिए था!
देख लिया फ़्री के जियो नेट का नतीज़ा?
अब जाओ दम्मू ततमील...

❋

162. पत्नी : "मेरी यह समझ में नहीं आता कि कई साल से मैं करवा चौथ का व्रत नहीं रख रही, फिर भी तुम पूर्ण स्वस्थ कैसे चल रहे हो?"

पति : "मैं बहुत नियम संयम से रहता हूं इसलिए।"

पत्नी : "मुझे बेवकूफ़ समझ रखा है क्या? सच-सच बताओ वह कौन है जो तुम्हारे लिए करवा चौथ का व्रत रखती है??"

❋

163. फूलवाला : "साहब अपनी गर्लफ़्रेंड के लिए फूल ले लो..."

लड़का : "मेरी गर्लफ़्रेंड नहीं है..."

फूलवाला : "तो मंगेतर के लिए ले लो..."

लड़का : "मेरी मंगेतर नहीं है..."

फूलवाला : "तो बीवी के लिए ले लो..."

लड़का : "मेरी बीवी नहीं है..."

फूलवाला : "ए-दुनिया के ख़ुशनसीब इंसान मेरी तरफ़ से फूल फ़्री में ही ले लो।"

❋

164. डॉक्टर : "तबीयत कैसी है...?"

मरीज़ : "पहले से ज़्यादा ख़राब है..."

डॉक्टर : "दवाई खा ली थी...?"

मरीज़ : "ख़ाली नहीं थी भरी हुई थी..."

डॉक्टर : "मेरा मतलब है दवाई ले ली थी...?"

मरीज़ : "जी आप ही से तो ली थी..."

डॉक्टर : "बेवकूफ़!! दवाई पी ली थी...?"

मरीज़ : "नहीं जी, दवाई नीली थी..."

डॉक्टर : "अबे गधे!! दवाई को पी लिया था...?"

मरीज़ : "नहीं जी...पीलिया तो मुझे था..."

डॉक्टर : "उल्लू के पट्ठे!! दवाई को खोलकर मुंह में रख लिया था...?"

मरीज़ : "नहीं, आप ही ने तो कहा था कि फ़्रिज में रखना..."

डॉक्टर : "अब क्या मार खाएगा...?"

मरीज़ : "नहीं दवाई खाऊंगा..."

डॉक्टर : "निकल साले, तू पागल कर देगा..."

मरीज़ : "जा रहा हूं, फिर कब आऊं..?"

डॉक्टर : "मरने के बाद..."

मरीज़ : "मरने के कितने दिन बाद...?"

✻

165. शादी के बाद पति ने पूछा : "तुम्हारे शादी से पहले कितने बॉयफ़्रेंड थे..."

पत्नी ने एक लिफ़ाफ़ा दिया जिसमें चावल के कुछ दाने और सौ रुपये थे।

पति : "ये क्या है?"

पत्नी : "मैं जब भी बॉयफ़्रेंड बनाती थी तो एक चावल का दाना इस लिफ़ाफ़े में डाल देती थी।"

पति (दाने गिन के) : "बस सात? और ये सौ रुपये क्यों?"

पत्नी : "दो किलो चावल बेच दिए थे!!!"

✻

166. एक बनिए ने अपनी बेटी की शादी में दामाद को चेस बोर्ड गिफ़्ट किया।

दामाद : "ये क्या?"

ससुर : "तमन्ना थी बेटी को शादी में हाथी, घोड़े, ऊंट, नौकर-चाकर दूं। आज मेरी इच्छा पूरी हो गई।"

❋

167. लड़का लड़की देखने गया।

उनको बात करने के लिए अकेले बैठा दिया गया।

लड़की (डरते-डरते) : "भइया! आप कितने भाई-बहन हो?"

लड़का : "अभी तक तीन थे। अब चार हो गए।"

❋

168. गांधी जी ने शादी से पहले पत्नी कस्तूरबा जी को छोटा सा लैटर लिखा और कस्तूरबा जी बेहोश हो गईं।

क्योंकि लैटर के आख़िरी में लिखा था : "प्रिय कस्तूरबा! आई लव यू। तुम्हारा बापू।"

❋

169. नए सर ने क्लास में पूछा : "एक महान वैज्ञानिक का नाम बताओ?"

लड़का : "आलिया भट्ट!"

सर (छड़ी हाथ में लेकर) : "यह सीखे हो?"

दूसरा : "ये तोतला है सर! ये आर्यभट्ट बोल रहा है।"

❋

170. हिंदी हमारी मातृभाषा है, पितृभाषा क्यों नहीं ?

क्योंकि माताजी ने पिताजी को कभी बोलने ही नहीं दिया...

171. शौहर किसे कहते है...

जिसके सभी शौक़ हर लिए जाएं, उसे शौहर कहते हैं।

❋

172. शादीशुदा मर्द उदास होता है तो यार दोस्त पूछते ही हैं, "क्या हुआ?" जवाब होता है, "यार! कुछ नहीं तेरी भाभी से 'कहासुनी' हो गई..."

जबकि 'कहा' कुछ नहीं होता, सिर्फ़ 'सुनी' होती है।

❋

173. पति : "कमर में बहुत दर्द है...ज़रा गुप्ता जी के घर से आयोडेक्स तो ले आओ।" पत्नी : "वो नहीं देंगे। वो बहुत कंजूस हैं।"

पति : "हां, है तो ख़ानदानी कंजूस। साले...पता नहीं इतना पैसा लेकर कहां जाएंगे...मर जाएंगे यूं ही...ऐसा करो तुम अलमारी से अपनी ही निकाल लो, दर्द कुछ ज़्यादा ही है..."

❋

174. एक आदमी किसी कॉलेज के टॉयलेट में गया...

अंदर टॉयलेट सीट पर बैठा तो देखा सामने दीवार पर लिखा हुआ था -

"इतना ज़ोर अगर पढ़ाई में लगाता तो आज किसी अच्छी सीट पर बैठा होता।"

❋

175. पंजाबी व्यापारी दिल्ली के बैंक में गया, और बैंक मैनेजर से 50,000 रुपये का लोन मांगा। बैंक मैनेजर ने गारंटर मांगा। पंजाबी ने बैंक के सामने पार्क की हुई अपनी बीएमडब्लू कार बतौर गारंटी जमा करवा दी। मैनेजर ने गाड़ी के काग़ज़ चेक किए और लोन देकर गाड़ी को कस्टडी में खड़ी करने के लिए कर्मचारी को सूचना दी। पंजाबी 50,000 रुपये लेकर चला गया।

बैंक मेनेजर और कर्मचारी पंजाबी पर हंसने लगे और बात करने लगे, "यह करोड़पति होते हुए भी अपनी गाड़ी सिर्फ़ 50,000 रुपये में गिरवी रखकर चला गया। कितना बेवक़ूफ़ है यह आदमी?"

उसके 2 महीने बाद पंजाबी वापस बैंक में गया और लोन की सभी रक़म देकर अपनी गाड़ी वापस लेने की इच्छा जताई।

बैंक मैनेजर से हिसाब-किताब किया और बोला : "50,000 रुपये की मूल रक़म के साथ 1250 रुपये ब्याज़।" पंजाबी ने पूरे पैसे दे दिए।

बैंक मैनेजर से रहा नहीं गया और उसने पूछा : "इतने करोड़पति होते हुए भी आपको 50,000 रुपये की ज़रूरत कैसे पड़ी?"

पंजाबी ने जवाब दिया : "मैं पंजाब से आया था। मैं अमेरिका जा रहा था। दिल्ली से मेरी फ़्लाइट थी। दिल्ली में मेरी गाड़ी कहां पार्क करनी है, यह मेरी सबसे बड़ी प्रॉब्लम थी लेकिन इस प्रॉब्लम को आपने हल कर दिया। मेरी गाड़ी भी सेफ़ कस्टडी में आपने दो महीने तक संभाल कर रखी और 50,000 रुपये ख़र्च करने के लिए भी दिए। दोनों काम करने का चार्ज लगा सिर्फ़ 1250 रुपये! आपका बहुत-बहुत धन्यवाद!!"

❋

176. वेल्डिंग (Welding) और वेडिंग (Wedding) में क्या फ़र्क़ है...?

"दरअसल 'वेल्डिंग' में पहले चिंगारी निकलती है और हमेशा के लिए गठबंधन हो जाता है। लेकिन 'वेडिंग' में पहले गठबंधन होता है और ज़िंदगी भर चिंगारियां निकलती रहती हैं।"

❋

177. पांच मिनट का लंबा किस देने के बाद लड़की थक गई...

फिर लड़के से पानी के लिए पूछा, उसने बैग में से बिसलरी दी...

लड़की ने पूछा, "पानी जूठा तो नहीं है ना? नवरात्रे चल रहे हैं।"

इसे बोलते हैं संस्कार!!!

❋

178. एक बार 10 डॉक्टरों ने मिलकर एक बड़े हाथी का ऑपरेशन किया।

ऑपरेशन करने के बाद बड़े डॉक्टर ने कम्पाउंडर से कहा, "देखो कोई औज़ार तो नहीं छूट गया पेट में।"

कम्पाउंडर ने कहा, "औज़ार तो सब हैं पर डॉक्टर शर्मा दिखाई नहीं दे रहे हैं..."

❋

179. यदि आपके घर कोई पधारे तो उसे पानी पूछने से पहले कहिए - "प्रणाम! लाइए मैं आपका फ़ोन चार्जिंग पर लगा दूं।"

क़सम से दिल से दुआ देगा सामने वाला...

फिर मिठाई बिस्किट पूछने से पहले पूछिए -

"क्या आप वाई-फ़ाई का पासवर्ड लेना चाहेंगे...?"

मेहमान ख़ुशी से पागल हो जाएगा। अतिथि देवो भवः!

❋

180. पत्नी आधे घंटे से मोबाइल के कैमरे को, दुपट्टे से घिस रही थी। सैल्फ़ी लेती और फिर डिलिट मार देती। पति लैपटॉप पर काम करते करते ये नज़ारा चुपचाप देख रहा था। काफ़ी देर सब्र करने के बाद जब पति से रहा नहीं गया तो उसने बोल ही दिया, "मुंह पर भी कपड़ा मारकर ट्राई कर ले! जब शक्ल ही ऐसी है तो ये बेचारा फ़ोन तुझे कहां से कैटरीना बना देगा।"

पति 5 दिन से रेहड़ी पर छोले-कुलचे खा रहा है।

❋

181. अब्दुल्ला अपनी बीवी से तंग आकर...

"तलाक़...तलाक़...तलाक़"

बीवी : "योगी...योगी...योगी..."

अब्दुल्ला : "मज़ाक़...मज़ाक़...मज़ाक़!"

❋

182. हिंदी भी सरल नहीं है, आजकल के बच्चों के लिए। इसकी बानगी देखिए -

टीचर : "रामस्वरूप बीमार था, फलस्वरूप मर गया। सब लोग इसका अंग्रेज़ी में अनुवाद करो।"

पप्पू : "मास्टर जी! अगर बीमार रामस्वरूप था, तो फलस्वरूप क्यों मरा?"

टीचर : "मूर्ख! इसका मतलब है रामस्वरूप बीमार हुआ, परिणामस्वरूप मर गया।"

पप्पू : "ले अब तीसरा मर गया। साला जो बीमार है वो क्यों नहीं मर रहा?"

❋

183. शिवरात्रि के मेले में साधुओं की संख्या हर साल बढ़ती जा रही है। कृपया...अपने-अपने पतियों को प्यार दें। कष्ट नहीं।

❋

184. चेला : "गुरुजी, मोहब्बत क्या है?"

गुरु : "समर्पण।"

चेला : "फिर विवाह क्या है?"

गुरु : "आत्मसमर्पण।"

❋

185. पत्नी : "शर्ट अच्छी लग रही है आप पर।"

पति : "चाहे जितनी चापलूसी कर लो, नई साड़ी नहीं मिलेगी।"

पत्नी : "सिर्फ़ शर्ट अच्छी लग रही है...मुंह वैसा ही है, कुत्ते जैसा।"

❋

186. एक बड़े शहर में 'गेट हसबैंड' नामक एक स्टोर खुला। यह 6 मंज़िला स्टोर था और हर मंज़िल पर हसबैंड पसंद किया जा सकता था।

पहली मंज़िल से आगे बढ़ते जाने पर और बढ़िया हसबैंड की गारंटी थी। हर मंज़िल पर लिखा था कि वहां किन विशेषताओं वाले आदमी मिलेंगे।

एक महिला हसबैंड पसंद करने उस स्टोर में गई।

पहली मंज़िल - "इन पुरुषों के पास नौकरी है।"

महिला आगे बढ़ गई और दूसरी मंज़िल पर गई।

दूसरी मंज़िल - "इन पुरुषों के पास नौकरी भी है और ये बच्चों को भी प्यार करते हैं।"

महिला और आगे बढ़ गई।

तीसरी मंज़िल - "इन पुरुषों के पास नौकरी है। ये बच्चों से प्यार भी करते हैं और ख़ूबसूरत भी हैं।"

"वाह...!" महिला ने सोचा, लेकिन वह और आगे बढ़ी।

चौथी मंज़िल - "इन पुरुषों के पास नौकरी है। ये बच्चों से प्यार करते हैं। बहुत ख़ूबसूरत भी हैं और ये घरेलू कामों में हाथ भी बंटाते हैं।"

महिला : "वाह! और मुझे क्या चाहिए?"

उसने सोचा लेकिन वह और आगे बढ़ी।

पांचवीं मंज़िल - "इन पुरुषों के पास नौकरी है। ये बच्चों से प्यार करते हैं। बहुत ख़ूबसूरत भी हैं और ये घरेलू कामों में हाथ भी बंटाते हैं। ये रोमांटिक मिज़ाज के भी हैं।"

महिला बहुत खुश हुई। थोड़ा रुकी लेकिन फिर आगे बढ़ गई और छठवीं मंज़िल पर पहुंची।

छठवीं मंज़िल पर लिखा था - "आप इस छठवीं मंज़िल की विज़िटर नंबर 314,56,012 हैं। इस मंज़िल पर कोई पुरुष नहीं है। इस मंज़िल पर आप अकेली हैं जो इस बात का सबूत हैं कि संतोष करना किसी भी महिला के लिए असंभव है। हसबैंड स्टोर में शॉपिंग के लिए आने का बहुत-बहुत धन्यवाद!"

उपरोक्त स्टोर के मालिक ने ही एक और स्टोर इसी स्टोर के सामने सड़क के उस पार खोला। नाम था - 'गेट वाइफ़।'

पहली मंज़िल पर लिखा था - "ये स्त्रियां पुरुषों की सुनती हैं।"

दूसरी, तीसरी, चौथी, पांचवीं और छठवीं मंज़िल पर विज़िट के लिए कभी भी कोई पुरुष नहीं गया।

187. एक आदमी टॉयलेट में बैठा था कि अचानक से उसे साथ वाले टॉयलेट से आवाज़ आई : "क्या हाल है?"

आदमी घबराकर बोला : "ठीक हूं।"

फिर आवाज़ आई : "क्या कर रहे हो?"

आदमी : "ज़रूरी काम से बैठा हूं..."

फिर अवाज़ आई : "मैं आ जाऊं?"

आदमी घबराकर बोला : "नहीं नहीं, मैं अकेला ही ठीक हूं..."

फिर आवाज़ आई : "अरे यार! मैं तुम्हें बाद में कॉल करता हूं। कोई कमीना साथ वाले टॉयलेट से मेरी हर बात का जवाब दे रहा है...!!"

❋

188. 'मस्तानी' बाजीराव की दूसरी बीवी थी, जिसको वो बेहद प्यार करता था।

'मुमताज़' शाहजहां की आठवीं बीवी थी। उसको वो जान से ज़्यादा प्यार करता था। इतिहास गवाह है...किसी ने पहली बीवी से प्यार नहीं किया।

❋

189. 2000 रुपये का नोट और एक्स-रे की रिपोर्ट, बंदा भले ही उसके विषय में कुछ भी नहीं जानता हो, पर हाथ में आते ही ऊंचा करके देखता ज़रूर है।

❋

190. एक बार बस के कंडक्टर ने एक बच्चे से पूछा, "तुम हर रोज़ दरवाज़े के पास ही खड़े रहते हो। तुम्हारा बाप चौकीदार है क्या?"

बच्चा बहुत ही शरारती था।

वो बोला, "तुम हमेशा मुझसे पैसे मांगते रहते हो, तुम्हारा बाप भिखारी है क्या?"

❋

191. एयर होस्टेस (पंडित से) : "सर! क्या लेंगे?"

पंडित : "पूरी, सब्ज़ी, खीर और लड्डू।"

एयर होस्टेस : "सर! आप किंगफ़िशर के प्लेन में बैठे हैं। किसी के श्राद्ध में नहीं।"

❋

192. दामाद 14 दिनों से ससुराल में था।

सास : "दामाद जी कब वापस जा रहे हो?"

दामाद : "क्यों?"

सास : "बहुत दिन हो गए।"

दामाद : "आपकी बेटी तो छः-छः महीने मेरे यहां रहती है।"

सास : "तो वो वहां ब्याही गई है।"

दामाद : "और मैं क्या यहां अपहरण करके लाया गया हूं?"

❋

193. एक आदमी डॉ. झटका के पास चेकअप कराने गया। डॉ. झटका ने कहा, "आपको आराम की सख़्त ज़रूरत है। नींद की गोली दे रहा हूं। बीवी को खिला देना।"

❋

194. आज सुबह मैं जैसे ही घर से निकला...एक बिल्ली मेरा रास्ता काट गई।

मैं वहीं रुक गया...तो बिल्ली हंसते हुए बोली -

"अबे निकल जा...तेरी तो शादी हो चुकी है। अब इससे बुरा तेरा क्या होगा?"

❋

195. मां (बच्चे से) : "तू पूरे साल नहीं पढ़ता और परीक्षा आते ही किताबों में लग जाता है क्यों?"

बच्चा : "क्योंकि लहरों का सुकून तो सभी को पसंद है, लेकिन तूफ़ानों में किश्ती निकालने का मज़ा ही कुछ और है।"

मां : "इधर आ...कुत्ते! तुझे मैं बनाती हूं 'टाइटेनिक का चालक'...!!"

❋

196. किराने की दुकान में दुकानदार 500 रुपये का नोट बहुत ध्यान से चेक कर रहा था।

ग्राहक : "लाला जी! कितने भी ध्यान से देख लो, गांधी जी की जगह कैटरीना नहीं दिखेगी।"

❋

197. टीचर : "एक तरफ़ पैसा हो, दूसरी तरफ़ अक़्ल, क्या चुनोगे?"

विद्यार्थी : "पैसा।"

टीचर : "ग़लत, मैं अक़्ल चुनती।"

विद्यार्थी : "आप सही कह रही हो मैडम जिसके पास जिस चीज़ की कमी होती है वो वही चुनता है..."

दे थप्पड़ दे थप्पड़!

❋

198. लालू यादव नहा रहे थे।

राबड़ी : "ई का जी, बलवा के साथ-साथ शैम्पुआ कंधवा पर काहे लगा रहे हैं। एकदम पगले हैं का?"

लालू : "तू पागल, तेरा बाप पागल, तोरा पूरा ख़ानदान पागल...देखती नहीं है शैम्पुआ पर का लिखा है - हेड ऐंड शोल्डर!"

❋

199. मैडम (बच्चे से) : "तेरी कॉपी और पेन कहां है???"

बच्चा : "मैम! जबसे आपको देखा, क्या कॉपी और क्या पेन? तेरे मस्त-मस्त दो नैन, मेरे दिल का ले गए चैन। खो गई कॉपी, गुम गया पेन।"

*

200. ज्ञान भंडार।

ये जो कुल्फ़ी खाते हुए एक हथेली कुल्फ़ी के नीचे लगाए रहते हो ना इसे ही *गीता* में श्रीकृष्ण ने 'मोह' बताया है...

और कुल्फ़ी ख़त्म होने के बाद भी जो डंडी चाटते रहते हो ना इसे ही *गीता* में 'लोभ' कहा है...

और डंडी फेंकने के बाद, सामने वाले की कुल्फ़ी देखकर सोचना कि उसकी ख़त्म क्यों नहीं हुई, इसे *गीता* में 'ईर्ष्या' कहा गया है...

और कुल्फ़ी ख़त्म होने से पहले कुल्फ़ी डंडी से नीचे गिर जाए और केवल डंडी हाथ में रह जाए तब तुम्हारे मन में जो आता है उसे *गीता* में 'क्रोध' कहा है।

और इसे पढ़कर जो हंसी आती है ना, उसे 'मोक्ष' कहते हैं...

ये घरवाले, जो जगाने के लिए सुबह-सुबह कूलर-पंखा बंद कर देते हैं, शास्त्रों में इसे ही 'छल-कपट' कहा गया है...

फ़्रूटी ख़त्म होने के बाद ये जो आप स्ट्रॉ से सुड़प-सुड़प करके आख़िरी बूंद तक पीने की कोशिश करते हो ना, शास्त्रों में इसे ही 'मृगतृष्णा' कहा गया है...

ये जो तुम लोग केले ख़रीदते वक़्त, "अंगूर क्या भाव दिए?" बोलकर 5-7 अंगूर खा जाते हो ना...शास्त्रों में इसे ही 'अक्षम्य अपराध' कहा गया है।

और ताला लगाने के बाद उसे पकड़कर खींचते हो ना...इसे ही शास्त्रों में 'भय' कहा गया है।

*

201. लो भाई *मोदी चालीसा* भी आ गया...

जय नरेंद्र ग्यान गुन सागर।

जय मोदी तिहूं लोक उजागर।।

राष्ट्रदूत अतुलित बलधामा।
दामोदर पुत्र नरेंद्र नामा।।
तुम उपकार राष्ट्र पर कीन्हा।
कच्छ संवारि स्वर्ग सम कीन्हा।।
माया, मुलायम थर-थर कांपें।
कांग्रेस को चिंता ब्यापै।।
नासहिं सपा मिटैं बसपाई।
खिले कमल फूलें भजपाई।।
साधु संत के तुम रखवारे।
असुर निकंदन राष्ट्रदुलारे।।
संत रसायन तुम्हरे पासा।
सदा रहहु भारत के दासा।।
भारत विश्वगुरु बन जावै।
जब मोदी दिल्ली में आवै।।
चीन पाक दोउ निकट न आवै।
जब मोदी का नाम सुनावै।।
नासहिं दुष्ट और अपराधा।
भ्रष्टाचार मिटावहिं बाधा।।
करहि विकास स्वर्ग सम सुंदर।
बनहि राम को सुंदर मंदिर।।
असुर निवारि सुरन्ह को थापैं।
राहुल सोनिया कबहुं न ब्यापै।।
मोदी मंत्रा एक सम जाना।
करहि विकास राष्ट्र सनमाना।।
भारत राष्ट्र पराक्रमीशाली।
होहि सोई यह संशय नाहीं।।
।। जय मोदी।।

202. चरित्र में कुछ दाग़ होने भी ज़रूरी हैं...

वर्ना बुढ़ापे में गंगा में जाकर धोएंगे क्या????? कच्छे...?

❋

203. अगर आप भारत की राजधानी दिल्ली में कभी घूमने आएं तब आपको पता चलेगा कि आप 'शाहजहां' रोड से निकलकर 'अकबर' रोड पर पहुंच गए हैं।

आगे जाकर 'बाबर' रोड पर मुड़ जाएंगे।

फिर 'हुमायूं' रोड पर सीधे चले जाइएगा।

गोल चक्कर मिलेगा जहां से आप 'तुग़लक़' लेन में घुस जाएंगे।

'औरंगजेब' रोड पर आगे बढ़िए...'सफ़दरजंग' रोड आ जाएगा।

इसके बाद तुग़लक़ाबाद एवं जामिया नगर होते हुए कुतुब मीनार तक जाइए...

और जब इस सूफ़ियाने माहौल में दम घुटने लगे तो 'सराय कालेख़ां' होते हुए 'निज़ामुद्दीन' रेलवे स्टेशन से अपने शहर की रेलगाड़ी में बैठिए और घर वापस आ जाइए और घर बैठकर सोचते रहिए...

दिल्ली भारत की राजधानी है या पाकिस्तान की????

❋

204. धर्म-पिता - मतलब असली पिता नहीं।

धर्म-माता - मतलब असली माता नहीं।

धर्म-पुत्र - मतलब असली पुत्र नहीं।

धर्म-भाई - मतलब असली भाई नहीं।

धर्म-बहन - मतलब असली बहन नहीं।

लेकिन...ये ज़बर्दस्त ग़लती कैसे हुई?

धर्म-पत्नी - मतलब असली पत्नी।

पता करो कि शास्त्रों में कहां ग़लती हुई??

❋

205. एक पत्नी ने अपने पति से पूछा : "अगर मैं 2-4 दिन आपको ना दिखूं तो आपको कैसा लगेगा??"

पति से ख़ुशी के मारे रहा नहीं गया और उसने तपाक से बोल दिया, "बहुत अच्छा लगेगा..."

बस फिर क्या?

पत्नी सोमवार को नहीं दिखी...

मंगलवार को नहीं दिखी...

बुधवार को नहीं दिखी...

गुरुवार को भी नहीं दिखी...

शुक्रवार को जब सूजन कम हुई तो एक आंख से थोड़ी-थोड़ी दिखी!!

✻

206. एक भयानक डबल मीनिंग...

पत्नी : "मेरे बाल सफ़ेद होते जा रहे हैं...व्हाट शुड आई डू??"

पति : "वाय डोंट यू 'डाय'?"

✻

207. कल मेरा एक जिगरी यार मुझसे नाराज़ हो गया, बेतहाशा नाराज़।

ग़लती मेरी ही थी और वजह भी बड़ी वाजिब थी।

बात यह हुई कि उनकी पत्नी यानी हमारी प्रिय भाभी जी दुर्घटनाग्रस्त हो गईं। फ़ीमर नामक अस्थि टूट गई थी। एक प्रसिद्ध अस्थिरोग विशेषज्ञ से संपर्क व परामर्श हुआ। ऑपरेशन होगा, यह तय हो गया। दोस्त टेन्शन में था। मैंने पूछा, "ख़र्चा तो काफ़ी हो जाएगा ना?" "हां" दोस्त ने सिर हिलाया। मैंने फिर पूछा, "लाखों में?" दोस्त ने फिर "हां" कहा...

बस यहीं मैं गड़बड़ कर बैठा...मज़ाक़ में...दोस्त की टेंशन दूर कर के उसे हंसाने के लिए मुंह से निकल गया, "इतने में तो दूसरी आ जाती यार!"

मेरा दोस्त भड़क गया। यार का गुस्सा होना तो बनता ही है...ऐसे टेंशन वाले माहौल में...फिर मेरा दोस्त दांत भींच के बोला, "साले, कमीने! अब बता रहा

है जब 50 प्रतिशत एडवांस जमा करवा दिए हैं।"

निष्कर्ष : हर एक कमीने दोस्त का दोस्त भी कमीना होता है...

❋

208. एक बनिया अंतिम सांसें ले रहा था, और बोला : "मेरी बीवी कहां है?"

बीवी : "मैं यहीं हूं।"

बनिया : "मेरी बेटी कहां है??"

बेटी : "यहीं हूं।"

बनिया : "मेरा बेटा कहां है??"

बेटा : "यहीं हूं।"

बनिया : "सालो, सब यहीं हो तो दुकान पर कौन है?"

❋

209. एक वॉट्स एप ग्रुप में एडमिन ने 'सीता' नाम के मैम्बर को ऐड किया...और फिर तुरंत...

विनोद : "हाय सीता।"

सागर : "हाय सीता कैसी हो?"

राहुल : "हैलो सीता! कुछ मदद चाहिए तो बोलना।"

संजय : "हाय सीता, तुम कहां रहती हो?"

सीता : "पूना।"

संजय : "मैं भी पूना में पढ़ा था।"

विनोद : "मेरा मामा का लड़का भी पूना रहता है। कुछ मदद चाहिए तो बोलना।"

सीता : "धन्यवाद।"

विक्रम : "हाय सीता! तुम्हारी स्टडीज़ कितनी हुई है?"

सीता : "एमबीए - सिम्बायोसिस।"

विक्रम : "गुड।"

अंकुश : "हाय सीता! तुम्हारा पूरा नाम क्या है?"

सीता : "सीताराम चौरसिया!"

ग्रुप में भयानक सी शांति छा गई...और फिर...

विनोद लेफ़्ट।

सागर लेफ़्ट।

राहुल लेफ़्ट।

संजय लेफ़्ट।

विक्रम लेफ़्ट।

अंकुश लेफ़्ट।

❋

210. आजकल के बच्चों को इतने नंबर मिलते हैं 98.4, 99.2, 99.4। ऐसा तो हमारे साथ सिर्फ़ बुख़ार आते समय ही होता था।

❋

211. एक बस में एक मुस्लिम महिला बोली : "भाईजान! थोड़ा साइड दीजिए।"

लड़का : "क्यों कन्फ़्यूज़ करती हो मोहतरमा? या तो भाई बोलो या जान बोलो।"

मुस्लिम महिला : "बात दरअसल यह है कि हमारे यहां क्लीयर नहीं होता कि कौन सा भाई कब जान बन जाए। इसीलिए 'भाईजान' बोलते हैं हम!!!"

❋

212. टीचर : "बहुवचन किसे कहते हैं?"

पप्पू : "जब बहू अपने ससुराल वालों को खरी-खोटी सुनाती है तो उसे बहुवचन कहते हैं।"

213. लखनवी नज़ाकत...

सुहागरात पर ओवरस्मार्ट पति ने लखनवी अंदाज़ में अपनी दुल्हन से पूछा, "इजाज़त है?"

दुल्हन ने जवाब दिया, "हमने तो कभी ग़ैरों को भी मना नहीं किया, आप तो फिर भी अपने हैं। बिस्मिल्लाह कीजिए!"

❋

214. यू.के. के लड़के को जॉब नहीं मिली तो उसने एक क्लिनिक खोला और बाहर लिखा - "300 रुपये में इलाज करवाएं। इलाज नहीं हुआ तो एक हज़ार रुपये वापस।" एक पंडित ने सोचा कि एक हज़ार रुपये कमाने का अच्छा मौक़ा है। वो क्लिनिक पर गया और बोला, "मुझे किसी भी चीज़ का स्वाद नहीं आता।"

यू.के. का लड़का : "बॉक्स नं 22 से दवा निकालो और 3 बूंद पिलाओ।"

नर्स ने पिला दी।

पंडित : "यह तो पेट्रोल है।"

यू.के. का लड़का : "मुबारक हो! आपको टैस्ट महसूस हो गया। लाओ 300 रुपये।"

पंडित को गुस्सा आ गया कुछ दिन बाद फिर वापस गया - पुराने पैसे वसूल करने।

पंडित : "साहब! मेरी याददाश्त कमज़ोर हो गई है।"

यू.के. का लड़का : "बॉक्स नं 22 से दवा निकालो और 3 बूंद पिलाओ।"

पंडित : "लेकिन वो दवा तो ज़बान के टैस्ट के लिए है।"

यू.के. का लड़का : "ये लो तुम्हारी याददाशत भी वापस आ गई। लाओ 300 रुपये।"

इस बार पंडित गुस्से में गया और उसने कहा : "मेरी नज़र कमज़ोर हो गई है।"

यू.के. का लड़का : "इसकी दवाई मेरे पास नहीं है। लो 1000 रुपये।"

पंडित : "यह तो सौ रुपये का नोट है।"

यू.के. का लड़का : "आ गई नज़र। लाओ 300 रुपये!"

215. संता : "आज इतनी ठंड क्यों है?"

बंता : "सूरज नहीं निकला ना आज।"

संता : "क्यों नहीं निकला?"

बंता : "उसकी मम्मी ने नहीं निकलने दिया। बोली कि ठंड में कहां जाएगा? पड़ा रह कंबल में! फ़ालतू में पूरब से निकलकर पश्चिम तक आवारागर्दी करेगा!"

❋

216. पत्नी : "शादी से पहले तुम बहुत मंदिर जाते थे। अब क्या हो गया?"

पति : "अब तुम से शादी हो गई और भगवान से भरोसा उठ गया..."

❋

217. नहले पे दहला...

एक बच्चा सड़क पर कुत्ते को ले जा रहा था।

पुलिसवाला हंसते हुए बोला : "बेटा! अपने भाई को कहां ले जा रहे हो?"

बच्चा (गुस्से से) : "पुलिस में भर्ती करवाने।"

❋

218. संता को जब डॉक्टर बेहोशी का इंजेक्शन देने लगे तो वह बोला, "एक मिनट डॉक्टर साहब!"

डॉक्टर फ़ौरन रुक गया।

संता ने अपनी पॉकेट से पर्स निकाला। यह देखकर डॉक्टर बोले, "अरे भाई! फ़ीस की कोई जल्दी नहीं है"।

संता : "फ़ीस की मुझे भी जल्दी नहीं है, मैं तो अपने पैसे गिन रहा हूं।"

❋

219. ट्रेन के एक डिब्बे में लिखा हुआ था -

"बिना टिकट सफ़र करने वाले यात्री होशियार...!

संता ने जब यह पढ़ा तो बोला - "वाह जी वाह! हमने टिकट लिया तो हम बेवकूफ़!"

❋

220. प्रेम विवाह के बाद। रात के वक़्त...

पति : "पानी पिलाओ।"

पत्नी पानी लेने गई तब तक पति सो गया।

पत्नी सारी रात पानी का गिलास पकड़े खड़ी रही। सुबह जब पति की आंख खुली तो देखकर बहुत ख़ुश हुआ और बोला, "मांगो क्या मांगती हो?"

पत्नी : "तलाक़ दे दे कमीने!"

❋

221. गांव के लड़के का आईएएस में सलेक्शन हो गया।

डीजे बज रहा था। मिठाइयां बंट रही थीं। लोग बधाइयां दे रहे थे।

इसी बीच दो ताऊ आपस में बात कर रहे थे, "थोड़ा और पढ़ लेता तो पटवारी बन जाता।"

❋

222. पत्नी ने अपने पति को बताया : "मेरी जीभ पर छाले निकल आए हैं।"

पति बोला : "उसे कभी आराम तो करने नहीं देतीं, फिर यह तो होना ही था।"

❋

223. बीवियां पूरी दुनिया का दुखड़ा रोएंगी...पति पूछ-पूछ कर मर जाएगा लेकिन, वो अंत तक बस एक ही बात बोलेंगी, "तुम नहीं समझोगे।" अगर पति ने पूछना बंद कर दिया तब कहेंगी, "तो तुम समझना ही नहीं चाहते।"

❋

224. 'मछली जल की रानी है' का नया वर्जन -

"पत्नी घर की रानी है,

करती अपनी मनमानी है,

काम बताओ तो चिढ़ जाएगी,

शॉपिंग कराओ तो खिल जाएगी।"

❋

225. एक औरत ने शनिदेव से पूछा, 'हे देव! स्त्रियों को मंदिर में प्रवेश क्यों नहीं करने देते?"

...तो शनिदेव ने उत्तर दिया, "मैंने तुम्हें एक देव दिया है 'पतिदेव।' उसे जितना परेशान करना है करो..."

❋

226. हरियाणा की चार चीज़ें मशहूर हैं।

बैठक में हुक़्क़ा।

जाड़े में मुक़्क़ा।

खेत में रुक़्क़ा।

और

पेपर में तुक़्क़ा।

❋

227. गुरुजी ने शिष्य से पूछा : "माता पार्वती ने शिव को वर क्यों चुना? कारण सहित बताओ?"

शिष्य :

"1. भगवान शिव कपड़े नहीं पहनते थे इसलिए कपड़े धोने का कोई लफड़ा ही नहीं था।

2. माथे पर चांद विद्यमान है यानी लाइट ही लाइट। बिजली जाने का डर नहीं।

3. जटाओं में गंगा जी विराजती हैं यानी पानी ही पानी। पम्प ख़राब होने की चिंता नहीं।

4. कंद-मूल-फल। जो भगवान शिव खाएंगे वही हम खाएंगे। अर्थात खाना बनाने की ज़रूरत नहीं।

5. न सास, न ननद। मतलब लड़ाई-झगड़े का कोई डर नहीं।"

गुरु जी (विद्यार्थी के पैर पकड़कर) : "मुझे अपना शिष्य बना लो ब्रह्मज्ञानी...!"

✻

228. हरियाणा में एक दामाद सर्दियों के दिनों में अपनी ससुराल गया। उसकी पत्नी का नाम था दामो, और उसकी साली का नाम था बदामो...तो उस गांव में रिवाज ये था कि दामाद अपनी पत्नी से मिलना तो दूर आमने-सामने देख भी नहीं सकता था। तो दामाद ने इशारे-इशारे में दो पंक्तियां कहीं -

"उड़ता पंछी बोल रह्या सै, अबकी पाला ख़ूब पड़ेगा।

दो-दो जणे मिल के सोइयो, नहीं तै एक ज़रूर मरेगा।"

सास समझ गई कि दामाद क्या इशारा कर रहा है। उसने भी जवाब दिया -

"दामो संग बदामो सोवेगी, और तेरे संग तेरा साला।

मैं बूढ़े संग पड़ी रहूंगी, के कर लेगा पाला...!!"

✻

229. संता अमेरिका घूमने गया। वहां एक बिल्डिंग में आग लग गई थी।

संता (फ़ायर ब्रिगेड से) : "तुम लोगों को नीचे फेंको। मैं कैच करूंगा।"

पहले एक लड़का आया, फिर लड़की, फिर आदमी, फिर औरत, फिर एक अफ़्रीक़ी (काला आदमी) आया तो संता ने छोड़ दिया, और बोला, "सालो! जो जल गए हैं उनको तो मत फेंको...!"

❋

230. पुलिस वाला चौराहे पर चैकिंग कर रहा था।

पुलिस वाला : "इस नीले बैग में क्या है?"

पप्पू : "बताते हैं।"

पुलिस वाले ने फिर पूछा : "अरे क्या है इसमें?"

पप्पू : "बताते हैं, बताते हैं।"

पुलिस वाला उसको जीप में डाल कर थाने ले गया।

बम की जांच करने वाला स्क्वॉड बुलाया गया।

जैसे ही बैग को खोला, हवलदार बोला : "साहब! इसमें तो बताशे हैं।"

पुलिसवाला : "साले! इसमें बताशे हैं तो इतनी देर से बोल क्यों नहीं रहा था?"

पप्पू : "इत्ती देल से यही तो बता लहा था ति इतमें बताते हैं बताते हैं।"

❋

231. परीक्षा में गब्बरसिंह का चरित्र-चित्रण करने के लिए कहा गया।

दसवीं की एक छात्रा ने लिखा -

"1. सादगी भरा जीवन : शहर की भीड़ से दूर जंगल में रहते थे। एक ही पोशाक में कई दिन गुज़ारा करते थे। खैनी के बड़े शौक़ीन थे।

2. अनुशासनप्रिय : कालिया और उसके साथियों को प्रोजेक्ट ठीक से न करने पर उन्हें सीधे गोली मार दी थी।

3. दयालु प्रकृति : ठाकुर को क़ब्ज़े में लेने के बाद ठाकुर को सिर्फ़ हाथ काटकर छोड़ दिया था, चाहते तो गला भी काट सकते थे।

4. नृत्य-संगीत प्रेमी : उनके मुख्यालय में नृत्य-संगीत के कार्यक्रम चलते रहते थे। 'महबूबा ओ महबूबा,' 'जब तक है जां जाने जहां,' जैसे गानों में बसंती को देखते ही समझ गए थे कि कुशल नृत्यांगना है।

5. हास्य रस के प्रेमी : कालिया और उसके साथियों को हंसा-हंसा कर ही मारा था। खुद भी ठहाका मारकर हंसते थे। वो इस युग के 'लॉफ़िंग बुद्धा' थे।

6. नारी सम्मान : बसंती के अपहरण के बाद सिर्फ़ उसका नृत्य देखने का अनुरोध किया था।

7. भिक्षुक जीवन : उनके आदमी गुज़ारे के लिए बस सूखा अनाज मांगते थे, कभी बिरयानी या चिकन टिक्का की मांग नहीं की।

8. समाज सेवक : रात को बच्चों को सुलाने का काम भी करते थे।"

❋

232. एक आदमी ने पड़ोसी की बीवी गुम होने की रिपोर्ट पुलिस में दर्ज करा दी।
पुलिस : "पड़ोसी की बीवी के गुम होने की रिपोर्ट तुम क्यों दर्ज करवा रहे हो?"

आदमी : "मैं उस आदमी की खुशी बर्दाश्त नहीं कर पा रहा हूं। साला! रोज़ पार्टी कर रहा है!!"

❋

233. आजकल की दुनिया में शरीफ़, सच्चे और प्यारे दोस्त मिलना बहुत मुश्किल हैं। मैं खुद हैरान हूं कि तुम लोगों ने मुझे ढूंढ़ कैसे लिया?

❋

234. एक शराबी टुन्न होकर घर जा रहा था!

रास्ते में मंदिर के बाहर पुजारी दिखा। शराबी ने पुजारी से पूछा, "सबसे बड़ा कौन?"

उससे पीछा छुड़ाने के लिए पुजारी ने कहा, "ये मंदिर बड़ा।"

शराबी बोला : "मंदिर बड़ा तो धरती पर कैसे खड़ा?"

पुजारी : "धरती बड़ी!"

शराबी : "धरती बड़ी तो शेषनाग पर क्यों खड़ी?"

पुजारी : "शेषनाग बड़ा!"

शराबी : "शेषनाग बड़ा तो शिव के गले में क्यों पड़ा?"

पुजारी : "शिव बड़ा!"

शराबी : "शिव बड़ा तो पर्वत पर क्यों खड़ा?"

पुजारी : "पर्वत बड़ा!"

शराबी : "पर्वत बड़ा तो हनुमान की अंगुली पर क्यों पड़ा?"

पुजारी : "हनुमान बड़ा!"

शराबी : "हनुमान बड़ा तो राम के चरणों में क्यों पड़ा?"

पुजारी : "राम बड़ा!"

शराबी : "राम बड़ा तो रावण के पीछे क्यों पड़ा?"

पुजारी : "अरे मेरे बाप तू बता कौन बड़ा?"

शराबी : "इस दुनिया में वो बड़ा जो पूरी बोतल पीकर भी सीधा खड़ा!!"

235. पत्नी पायलट थी और पति कंट्रोल टॉवर इंस्ट्रक्टर...

पायलेट पत्नी : "हेलो, कंट्रोल टॉवर। यह फ़्लाइट 367 है। यहां कुछ प्रॉब्लम है।"

कंट्रोल टॉवर पर पति : "आपकी आवाज़ ठीक नहीं आ रही। फिर से बोलो। क्या प्रॉब्लम है, बोलिए।"

पत्नी : "कुछ नहीं जाने दो, तुम्हें मेरी आवाज़ आती कब है?"

पति : "प्लीज़! प्रॉब्लम बताएं।"

पत्नी : "नहीं, अब तो रहने ही दो।"

पति : "अरे! बोलिए क्या प्रॉब्लम है?"

पत्नी : "बाय! ब्लॉक कर दो मुझे।"

पति : "बेवकूफ़ औरत! 200 पैसेंजर भी है उसमें।"

(अभी मामला ख़त्म नहीं हुआ।)

पत्नी : "हां, मेरी तो कोई परवाह है नहीं। उन 200 की परवाह है, बस। मुझे नहीं करनी बात!!"

❋

236. भारत में 7 प्रकार के शाकाहारी लोग हैं –

1. शुद्ध शाकाहारी।
2. अंडा खाते हैं पर चिकन नहीं खाते।
3. अंडे वाला केक खा लेते हैं पर आमलेट नहीं खाते।
4. चिकन की तरी खा लेते हैं पर पीस नहीं खाते।
5. बाहर खा लेते हैं पर घर पर नहीं बनाते।
6. जब पीते हैं तब खा लेते हैं। नहीं पीते तो नहीं खाते।
7. बुध, शुक्र रवि को खाते हैं लेकिन मंगल, गुरु, शनि को बिलकुल हाथ भी नहीं लगाते।

❋

237. एक पत्नी अपने पति के घर आने के बाद ही खाना खाती थी। मोहल्ले की सारी स्त्रियां उसका बड़ा सम्मान करती थीं। कहती थीं, "तुम महान हो। पतिव्रता हो। सती हो। देवी हो। साध्वी हो। भारतीय संस्कृति की पुजारिन हो। हमारी प्रेरणा हो। इस कलियुग में आदर्श नारी हो।"

एक दिन एक स्त्री ने पूछा, "आप इतनी तपस्या कर कैसे लेती हो?"

वो बोली, "मजबूरी है! मेरे पति आते हैं और खाना बनाते हैं तभी तो मैं खाती हूं।"

❋

238. पति : "ये पुलाव कैसा बनाया है? इसमें से अजीब सी महक आ रही है।"

बीवी : "इतने खुल्ले पैसे नहीं थे कि लौंग, पुदीना और नमक ले आऊं, इसलिए पतंजलि टूथ पेस्ट डाल दी, क्योंकि इस टूथ पेस्ट में नमक, लौंग और पुदीना तीनों चीज़ें पड़ी हैं।"

❋

239. संता ड्राइवर बन गया।

जज : "बस खाई में कैसे गिरी कि सारी सवारी मर गईं?"

संता : "साहब मुझे नहीं पता!"

जज : "क्यों? पर गाड़ी तो तुम चला रहे थे?"

संता : "हां, पर उस दिन कंडक्टर नहीं आया था, तो मैं टिकट बनाने पीछे चला गया था।"

❋

240. डॉक्टर : "मरीज़ को एक घंटे पहले लाते तो हम इसे बचा लेते।"

बंता : "साले! आधा घंटे पहले तो एक्सिडेंट हुआ, एक घंटे पहले क्या ज़बरदस्ती लाते।"

❋

241. पप्पू की परीक्षा चल रही थी। मैडम बहुत सख़्त थीं इसीलिए नक़ल मारने का कोई मौक़ा नहीं दे रही थीं। पप्पू ने एक पर्ची मैम को दी, तो मैडम पूरे पेपर के दौरान कुर्सी पर ही बैठी रहीं। सबने ख़ूब नक़ल मारी। बाद में सभी बच्चों ने पूछा : "अरे! पप्पू तूने पर्ची में ऐसा क्या लिखा था?"

पप्पू बोला : "मैंने लिखा था कि मैडम जी! आपकी सलवार पीछे से फटी हुई है।"

❋

242. हाथी तालाब में गिरा तो सब चींटियां बाहर आ गईं।
एक चींटी हाथी की पीठ पर चढ़ी तो दूसरी बोली,
"डुबा कमीने को डुबा, लड़कियों को छेड़ता है।"

❃

243. टीचर : "बच्चों! कौन सी कास्ट (जाति) के लोग अच्छे नागरिक होते हैं?"

बिटटू : "सर बनिए...!"

टीचर : "वो कैसे...?"

बिटटू : "हर जगह मोदी जी यही कहते हैं, देश के अच्छे नागरिक बनिए! देशभक्त बनिए! समझदार बनिए! ईमानदार बनिए! पढ़े-लिखे बनिए! सामाजिक बनिए! व्यवहारिक बनिए! शाकाहारी बनिए! धार्मिक बनिए।"

❃

244. पत्नी : "मैं तुम्हारी नीली शर्ट प्रेस कर रही थी तो, शर्ट एक जगह पर थोड़ी सी जल गई।"

पति : "कोई बात नहीं, मेरे पास वैसी ही एक और नीली शर्ट है।"

पत्नी : "मालूम था मुझे, इसलिए उस शर्ट का उतना ही कपड़ा काटकर, मैंने इस जली हुई शर्ट में जोड़ दिया...!!"

❃

245. विवाहित पुरुषों के लिए सुझाव - अगर आप अपने धन को दुगना करना चाहते हैं तो 1000 रुपये सुबह अपनी पत्नी को दो और शाम को हिसाब मांग कर देखो। आपको 2000 रुपये का हिसाब मिल जाएगा।

❃

246. टीचर : "बच्चों! अपना अपना नाम और पसंद बताओ।"

लड़का 1 : "हमार नाम बबलू और हमका इमरती पसंद है।"

लड़का 2 : "हमार नाम गोपी। हमका भी इमरती पसंद है।"

लड़का 3 : "हमार नाम गोलू। हमका भी इमरती पसंद है।"

टीचर : "सबकी पसंद एक है...बहुत अच्छा!"

टीचर : "लड़की तुम्हारा नाम?"

लड़की : "हमार नाम इमरती है।"

❋

247. पत्नी ने फ़ोन किया, "खाना रेस्टोरेंट से लाओगे या घर आकर बनाओगे?"
क्या शास्त्रों में इसे ही धर्मसंकट कहा गया है??

❋

248. जब आप रोते हैं तो - कोई नहीं देखता।
जब आप चिंतित होते हैं तो - कोई नहीं देखता।
जब आप गुस्सा करते हैं तो - कोई नहीं देखता।
लेकिन एक दिन किसी लड़की के साथ घूमने जाओ तो साला पूरा का पूरा ख़ानदान देख लेता है!

❋

249. गुरु जी कहते हैं कि शिक्षा पर सबका हक़ है...
इसलिए मैंने सोचा ज़्यादा पढ़ाई करके किसी का हक़ क्यों मारूं...

❋

250. भारतीय महिलाओं की दो पसंद...
"गप्पें और गोलगप्पे!"

❋

251. पत्नी : "आपने कल बहुत अधिक शराब पी रखी थी..."

पति : "नहीं, कुछ ज़्यादा नहीं पी थी..."

पत्नी : "फिर क्यों आप नल के पास बैठकर नल को बोल रहे थे कि रो मत सब ठीक हो जाएगा।"

❋

252. इतनी नफ़रत भी ठीक नहीं। एक आदमी ठंड से कांप रहा था। मैं बोला, "मफ़लर बांध ले भाई।" तो वो मुस्कराकर बोला, "मैं भाजपा से हूं।"

❋

253. कर्मचारी : "सर! मेरी बीवी 5-6 दिनों के लिए मेरे साथ कहीं घूमने जाना चाहती है। छुट्टी चाहिए।"

बॉस : "नहीं मिलेगी।"

कर्मचारी : "थैंक्यू सर! मैं जानता था, मुसीबत में आप ही मेरे काम आएंगे।"

❋

254. इंजेक्शन रूम के बाहर लिखा हुआ नोटिस बोर्ड -

"कोई मर नहीं जाता इंजेक्शन लगवाने से ग़ालिब - बस उठने-बैठने का अंदाज़ बदल जाता है।"

❋

255. अगर गिलास टूटने के बाद भी घर में ख़ामोशी है तो गिलास बीवी से टूटा है और ग़लती भी गिलास की ही है।

❋

256. पति जैसे ही घर पहुंचा, पत्नी ने लात-घूंसों से पीटना शुरू कर दिया। बुरी तरह से पिटने के बाद पति ने जब पिटाई का कारण पूछा तो पत्नी बोली - "पड़ोस वाले शर्मा जी का अपनी पड़ोसन से चक्कर चल रहा है।"

पति : "तो मुझे क्यों पीट रही हो?"

पत्नी : "ताकि ख़ौफ़ क़ायम रहे...!!"

❋

257. आज का विचार -

"सर्दी इतनी ज़्यादा हो रही है कि या तो रज़ाई 2 हों या रज़ाई में 2 हों।"

❋

258. तापमान में 10 डिग्री गिरावट आने के बाद जिन जिन पति-पत्नी के बीच मनमुटाव चल रहे थे, वो सुलझ गए।

❋

259. अपना बच्चा रोए तो दिल में दर्द होता है, और दूसरे का रोए तो सिर में।

अपनी बीवी रोए तो सिर में दर्द होता है और दूसरे की रोए तो दिल में।

सब प्रभु की माया है!!

❋

260. हिंदुस्तान में कुछ भी हो सकता है।

जज साहब : "जब तुम्हें पता था कि गाड़ी मिनिस्टर की बीवी चला रही है...तो रोड से थोड़ा दूर रहना चाहिए था!"

आदमी : "कौन सा रोड साहब? मैं तो खेत में बीड़ी पी रहा था!"

जज : "गिरफ़्तार कर लो इसे...धूम्रपान के जुर्म में!!"

❋

261. घोर कलियुग आ गया है।

जिस दोस्त की शादी में जी-जान से नाचे थे। वो नालायक़ अलबम देखते हुए अपनी बीवी से बोला, "शराबी हैं साले...!"

✸

262. चार चीज़ें इंसान को कभी ख़ुश नहीं रख सकतीं -

कार, मोबाइल, टीवी और बीवी।

क्योंकि अक्सर इनके लेटेस्ट मॉडल दूसरों के पास होते हैं।

✸

263. पप्पू : "मम्मी! मैं कल से स्कूल नहीं जाऊंगा।"

मम्मी : "क्यों? आज फिर धुनाई हुई क्या तेरी?"

पप्पू : "अरे! टीचर पता नहीं ख़ुद को क्या समझती है?"

मम्मी : "क्यों ऐसा क्या हुआ?"

पप्पू : "उसने ख़ुद ब्लैक बोर्ड पर लिखा - 'महाभारत।' फिर मुझसे पूछ रही थी कि 'महाभारत' किसने लिखा? मैंने कहा अभी आपने ही तो लिखा...तो बहुत मारा..."

✸

264. टीचर : "भारत से विदेश जाने वाली पहली महिला कौन थी?"

चिंटू : "सीता, श्री लंका गई थी।"

✸

265. अध्यापक (छात्रों से) : "बताओ तुम इतिहास पुरुष में सबसे ज़्यादा किससे नफ़रत करते हो?"

बच्चा : "राजा राम मोहन राय से।"

अध्यापक : “क्यों?”

बच्चा : “उन्होंने बाल विवाह बंद करवाया था वरना आज हम भी बीवी-बच्चे वाले होते।”

❋

266. टीचर : “बताओ अगर एक छोटा ग्रह पृथ्वी से टकरा जाएगा तो क्या होगा?”

मोनू : “टन्न्न्न्न्न्न्न की आवाज़ आएगी।”

टीचर : “क्यों?”

मोनू : “क्योंकि ये दुनिया, ये दुनिया पीतल दी।”

❋

267. गणित से परेशान एक विद्यार्थी गुरु जी से : “अगर शून्य की खोज आर्यभट्ट ने की थी और आर्यभट्ट का जन्म कलियुग में हुआ, तो उससे पहले 100 कौरव और रावण के 10 सिर की गिनती किसने की थी?”

इस पॉइंट को नोट किया जाए।

❋

268. एक बार संता जंगल से होकर गुज़र रहा था। सामने पेड़ पर लटकते सांप को देखकर रुक गया और बोला, “सिर्फ़ लटकने से कुछ नहीं होगा। मम्मी को बोलो कॉम्प्लान पिलाए!!”

❋

269. टीचर ने परीक्षा में चार पेज का निबंध लिखने को दिया। विषय था – ‘आलस्य क्या है?’

एक स्टूडेंट ने तीन पेज ख़ाली छोड़कर चौथे पर बड़े-बड़े अक्षरों में लिखा – “यही आलस्य है।”

❋

270. सरदार और सरदारनी रेलवे स्टेशन पर खड़े ट्रेन का इंतज़ार कर रहे थे, तभी एक गाड़ी आई जिस पर लिखा था 'बॉम्बे मेल।' सरदार भागकर गाड़ी में चढ़ गया। बीवी से बोला, "जब 'बॉम्बे फ़ीमेल' आए तो तू भी चढ़ जाना।"

❋

271. वॉट्स एप की बीमारी।

एक आदमी को उसका ससुर जूते मार रहा था...

राहगीर : "क्यों मार रहे हो इसको...?"

ससुर : "मैंने इसको हॉस्पिटल से वॉट्स एप किया कि तुम बाप बन गए हो...साले ने उसको भी 50 लोगों को फ़ॉरवर्ड कर दिया!"

❋

272. किसी ने बड़े प्यार से शादीशुदा आदमी से पूछा, "रात को ऑनलाइन कब आते हो...?"

दर्द की दीवारें हिल गईं जब उसने कहा, "बर्तन धोने के बाद!"

❋

273. सोते समय भारत के अधिकांश स्थानों में 'गुडनाइट,' 'लव यू,' 'शुभ रात्रि,' आदि बोलने की परंपरा है परंतु हरियाणा में..."रे! भैंस भीतर बांध दी के?"

❋

274. लड़की : "मम्मी! मैं घर के काम में आपकी मदद करूं?"

मम्मी : "क्यों बेटी, तेरा नेट पैक ख़त्म हो गया क्या?"

❋

275. हिंदुस्तान की औरत खुद तो पति से प्यार करेगी नहीं लेकिन पड़ोसन न करने लग जाए इसका पूरा ध्यान रखेगी।

276. जब-जब मैं घर लेट आता हूं तो :

पड़ोसी : "यार! तेरे घर से रोज़ हंसी की आवाज़ आती है...इस ख़ुशहाल ज़िंदगी का क्या राज़ है?"

मैं : "जब-जब मैं घर लेट आता हूं तो मेरी बीवी मुझे डंडा फेंककर मारती है, लग जाए तो वो हंसती है, ना लगे तो मैं हंसता हूं। भगवान की कृपा है। हंसी-ख़ुशी ज़िंदगी गुज़र रही है।"

❋

277. किट-किट की आवाज़ आ रही थी...

पत्नी (जागकर) : "देखो जी, चूहे कपड़े कुतर रहे हैं?"

पति (कांपते हुए) : "सारी रज़ाई तो तूने खींच ली। मेरे ही दांत किटकिटा रहे हैं।"

❋

278. एक दुकानदार एक औरत को कपड़े दिखा-दिखाकर थक गया।

अंत में अपने गुस्से पर क़ाबू रखते हुए बोला : "मुझे अफ़सोस है कि मैं आपको कोई कपड़ा पसंद नहीं करवा पाया..."

औरत : "कोई बात नहीं...मैं तो वैसे भी सब्ज़ी लेने निकली थी।"

❋

279. एक भिखारी की लॉटरी लगी तो उसने मंदिर बनवाया।

दूसरा भिखारी : "तूने मंदिर क्यों बनवाया?"

पहला भिखारी : "इसके सामने अब मैं अकेला ही भीख मांगूगा।"

दूसरा भिखारी : "सॉलिड इनवेस्टमेंट दोस्त, तू तो अंबानी का भी बाप निकला।"

❋

280. पप्पू : "यार बिट्टू! मेरा रिज़ल्ट तू देखकर आजा!

अगर एक सबजेक्ट में फ़ेल हुआ तो बोलना, 'जय श्री राम...'

अगर दो में फ़ेल हुआ तो बोलना, 'राधे-राधे...'

अगर तीन में फ़ेल हुआ तो बोलना, ब्रह्मा-विष्णु-महेश..."

बिट्टू ने जब रिजल्ट निकलवा लिया तो पप्पू ने पूछा : "क्या हुआ?"

बिट्टू : "बोलो, सांचे दरबार की जय!" सब में फ़ेल!!

❋

281. साला! दो बातें आज तक समझ में नहीं आईं...

जिसने पहली बार घड़ी बनाई उसने समय कैसे मिलाया होगा और जिसने पहली बार दही जमाया वो जोरन कहां से लाया होगा?

❋

282. बच्चा : "मम्मी! गांधी जी के सिर पर बाल क्यों नहीं थे???"

मम्मी : "क्योंकि बेटा वो केवल सत्य बोलते थे...."

बच्चा : "अब समझ में आया कि तुम औरतों के बाल लंबे क्यों होते हैं।"

दे चांटे, दे चांटे!!

❋

283. पत्नी ने मायके से पति को फ़ोन किया : "कैसे हो?"

पति : "ठीक हूं..."

पत्नी : "मेरी याद आती है तब क्या करते हो?"

पति : "तुम्हारी पसंदीदा आइसक्रीम 'केसर पिस्ता' खा लेता हूं या 'अमूल नट्स' खा लेता हूं...और मेरी याद आने पर तुम क्या करती हो?"

पत्नी : "मैं भी 'रॉयल स्टैग' का क्वार्टर और तीन सिगरेट पीकर रजनीगंधा खा लेती हूं।"

284. सवाल : दुनिया के दो सबसे बड़े घातक और ख़तरनाक हथियारों के नाम लिखो...?

जवाब : 1. बीवी के आंसू और

2. पड़ोसन की स्माइल।

✵

285. वो आंटियां भी ग़ज़ब होती हैं जो 7-8 घंटे बैठकर मोहल्ले भर की चुग़ली करती हैं...और...आख़िरी में यह कहकर उठ जाती हैं -

"जाए द बहन, हमसे का मतलब?"

✵

286. बीवी : "अब तो हद हो गई। मैं अपनी मां के घर जा रही हूं और कभी वापस नहीं आऊंगी।"

पति हंस-हंसकर गिर पड़ा।

पत्नी : "इसमें इतना हंसने की क्या बात है?"

पति : "जाने से पहले एक ख़बर सुनती जाओ। कल तुम्हारी मां भी तुम्हारे पापा से लड़कर अपने मायके चली गई है।"

✵

287. अदालत में तलाक़ के एक मुकदमे के दौरान...

औरत : "जज साहब! मुझे इस आदमी से कुछ नहीं लेना, बस मैं यह चाहती हूं कि यह मुझे उसी हालत में छोड़ दे, जिस हालत में...मैं इसे मिली थी..."

जज : "तुम किस हालत में इसे मिली थी...??"

औरत : "विधवा..."

✵

288. जज : "तुम्हारा जुर्म साबित हो चुका है, कल तुम्हें फांसी पर चढ़ाया जाएगा।"

बनिया : "वो तो ठीक है, लेकिन उतारा कब जाएगा? दुकान भी तो खोलनी है..."

❋

289. पत्नी : "मेरी शराफ़त देखो...मैंने तुम्हें देखे बग़ैर ही शादी कर ली।"

पति : "और मेरी शराफ़त देखो...मैंने देखकर भी इनकार नहीं किया।"

❋

290. पत्नी : "फ़ोन पर इतनी धीमी आवाज़ में किससे बात कर रहे हो?"

पति : "बहन है...!"

पत्नी : "तो फिर इतनी धीमी आवाज़ में किसलिए?"

पति : "तेरी है इसलिए..."

❋

291. पत्नी : "सुनो जी, अगर आपके बाल इसी रफ़्तार से झड़ते रहे तो मैं तुम्हें तलाक़ दे दूंगी!!"

पति : "या अल्ला, और मैं पागल इनको बचाने की कोशिश कर रहा था!"

❋

292. टैक्सीवाला : "साहब ब्रेक फ़ेल हो गए हैं, गाड़ी रुकती ही नहीं है। क्या करूं?"

संता : "पहले तू मीटर बंद कर दे!"

❋

293. जगजीत सिंह गा रहे थे : “ये दौलत भी ले लो, ये शोहरत भी ले लो...”
अचानक संता उठकर बोला : “मैं तो बहुत परेशान हूं। मेरी तो औरत भी ले लो...”

❋

294. तूफ़ानी बारिश में आधी रात को एक आदमी पिज़्ज़ा हट से पिज़्ज़ा लेने गया।
पिज़्ज़ावाला : “आप शादीशुदा हो??”
आदमी : “साले, ऐसे तूफ़ान में कौन सी मां अपने बेटे को पिज़्ज़ा लाने भेजेगी...!!”

❋

295. भिखारी (कार मैं बैठी सेठानी से) : “मैडम 10 रुपये दे दो!”
मैडम ने पैसे दे दिए...भिखारी जाने लगा तभी...
मैडम बोली : “बाबा, दुआ तो देते जाओ!”
भिखारी : “बीएमडब्लू में तो बैठी है मोटी, अब क्या रॉकेट में बैठेगी...!!”

❋

296. मैंनें आज गर्लफ़्रेंड से कहा, “तुम्हारा नाम हाथ पर लिखूं या दिल पर?”
तो वो बोली, “प्यार ही करते हो तो प्रॉपर्टी के पेपर पर लिखो ना...”
ये लड़कियां भी स्टार प्लस देखकर होशियार हो गई हैं।

❋

297. टीचर : “बस इरादे बुलंद होने चाहिए, पत्थर से भी पानी निकाला जा सकता है...”
बच्चा : “मैं तो लोहे से भी पानी निकाल सकता हूं!”
टीचर : “कैसे?”

बच्चा : "हैंड-पम्प से।"

दे थप्पड़, दे थप्पड़!

❋

298. मां बच्चों के लिए हमेशा समझौता कर लेती है हालात से लेकिन सीरियल के टाइम रिमोट मांग लो तो मारती है उलटे हाथ से।

❋

299. पप्पू ने चिड़ियाघर में नौकरी कर ली। उसने शेर के पिंजरे का ताला नहीं लगाया!

अफ़सर : "तुमने शेर के पिंजरे को ताला क्यों नहीं लगाया...?"

पप्पू : "क्या ज़रूरत है सर! इतने ख़तरनाक जानवर को कौन चुराएगा???"

❋

300. शहर की लड़की की शादी गांव में हो गई। लड़की की सास ने उसे भैंस को चारा डालने को बोला। भैंस के मुंह में झाग देखकर लड़की वापस आ गई।

सास बोली : "क्या हुआ बहू?"

लड़की बोली : "मां जी! भैंस अभी कोलगेट कर रही है।"

❋

301. पत्नी : "आपको मेरी सुंदरता ज़्यादा अच्छी लगती है या मेरे संस्कार...?"

पति : "मुझे तो तेरी ये मज़ाक़ करने की आदत बहुत अच्छी लगती है।"

❋

302. गुरुजी : "ऐसा कौन सा प्राणी है, जो आकाश में उड़ता है लेकिन ज़मीन पर बच्चे को जन्म देता है?"

पूरी क्लास में सन्नाटा छा गया। ऐसे में आख़िरी बेंच पर बैठा पप्पू बोला : "सर जी, एयर होस्टेस!"

❋

303. गुरु जी : "वो कौन सा सांप है जो अगर किसी को काट ले तो उसके साथ वाला बहुत हंसता है?"

पप्पू : "लूडो का 99 वाला सांप!!!"

❋

304. लड़का (गुनगुनाते हुए) : "मुस्कराने की वजह तुम हो।"

लड़की : "ओह सच में?"

लड़का : "हां, तेरी शक्ल ही ऐसी है, देखकर हंसी निकल जाती है।"

❋

305. मोतीलाल : "मेरे लिए किसी अच्छी सी लड़की का रिश्ता बता।"

धोतीलाल : "यार मेरी नज़र में एक लड़की है बीकॉम की।"

मोतीलाल : "यार! किसी भी कौम की हो पर लड़की पढ़ी-लिखी होनी चाहिए।"

❋

306. पप्पू के घर उसका विदेशी दोस्त आया और दरवाज़े पर नींबू-मिर्ची देखकर चकराया और पूछा : "ये क्या है?"

पप्पू : "ये एंटी वायरस है! मेड इन इंडिया...!!"

❋

307. टीचर : "बच्चों! हमारे देश की सबसे पवित्र नदी पटियाला से निकलती है।"

प्रिंसिपल : "ये क्या सिखा रहे हैं बच्चों को? गंगा नदी गंगोत्री से निकलती है।"

टीचर : "गंगा तब तक पटियाला से निकलती रहेगी, जब तक मेरी सात महीने के सैलरी मिल नहीं जाती।"

❋

308. गर्लफ़्रेंड : "मेरा मोबाइल मां के पास रहता है..."

बॉयफ़्रेंड : "अगर पकड़ी गई तो???"

गर्लफ़्रेंड : "मैंने तुम्हारा नंबर 'बैटरी लो' के नाम से सेव किया है। जब भी तुम्हारा फ़ोन आता है मां कहती है कि लो चार्ज कर लो!!!"

❋

309. इंसान : "भगवान लड़कियां हमेशा प्यारी होती हैं पर बीवी इतनी ख़तरनाक क्यों होती है?"

भगवान : "क्योंकि लड़कियां मैं बनाता हूं और उन्हें बीवी तुम बनाते हो। तुम्हारी समस्या तुम ही झेलो।"

❋

310. मरीज़ (डॉक्टर से) : "डॉक्टर साहब! आपको टांके लगाने आते हैं?"

डॉक्टर : "हां!"

मरीज़ : "यह लो मेरी चप्पल में लगा दो!"

❋

311. पति ने बीवी से कहा, "मेरे कुछ रिश्तेदार आ रहे हैं। कुछ बना लो।" बीवी ने फटाफट मुंह बना लिया।

❋

312. कुदरत का सबसे बड़ा सच :

- यदि आप फूलों पर सो रहे हैं तो ये आपकी पहली रात है।

- और यदि फूल आप पर सो रहे हैं तो ये आपकी आख़िरी रात है।

❋

313. अजब तेरी दुनिया ग़ज़ब तेरा खेल -

- मोमबत्ती जलाकर मुर्दों को याद किया जाता है।

और मोमबत्ती बुझाकर जन्मदिन मनाया जाता है।।

- फूलन देवी डाकू होकर भी चुनाव जीत गई थी।

और किरन बेदी पुलिस वाली होकर भी हार गई।।

❋

314. कितनी अजीब दुनिया है, जहां औरतें दूसरी औरतों की शिकायत करते नहीं थकतीं, जबकि पुरुष दूसरी औरतों की तारीफ़ करते नहीं थकते।

पुरुष सच में महान हैं!

❋

315. पुराने ज़माने में जब कोई अकेला बैठकर हंसता था, तो लोग कहते थे कि इस पर कोई भूत-प्रेत का साया है।

आज कोई अकेले में बैठकर हंसता है तो कहते हैं...मुझे भी सेंड कर दे।

❋

316. क्या आपने कभी सोचा है कि औरतें मांग क्यों भरती हैं?

नहीं पता न? मैं बताता हूं...

औरतें मांग इसलिए भरती हैं ताकि लोगों को पता चल जाए कि इस प्लॉट की रजिस्ट्री हो चुकी है...

पुरुष कभी मांग नहीं भरता क्योंकि ये तो गोचर भूमि है इसकी रजिस्ट्री नहीं हो सकती।

शादी के समय आपने देखा होगा वरमाला के समय जब दुल्हन और उसके साथ में तीन-चार और लड़कियां आती हैं उसका तात्पर्य है कि जिस प्लॉट की रजिस्ट्री हो रही होती है उस नक़्शे में आसपास ख़ाली प्लॉट दिखाने पड़ते हैं...

इसमें भी एक समस्या है कि कुछ की रजिस्ट्री हो चुकी होती है और कइयों पर अवैध क़ब्ज़ा चल रहा होता है।

❋

317. लड़कियां परीक्षा के दिन इतनी सज-संवर के आती हैं कि समझ में नहीं आता ख़ुद पास होने आई हैं या लड़कों को फ़ेल कराने।

❋

318. लड़की : "अब रात को फ़ोन करना..."

लड़का : "नहीं, रात को बात नहीं करेंगे वरना तू मर जाएगी..."

लड़की : "कैसे?"

लड़का : "आज मम्मी कह रही थी कि रात को तू जिस चुड़ैल से बात करता है वो मेरे हाथों मरेगी किसी दिन।"

❋

319. कस्टमर : "सरदार जी! आपकी लस्सी में मक्खी है..."

सरदार : "ओ दिल बड़ा रख, ये नन्हीं सी जान तेरी कितनी लस्सी पी जाएगी..."

❋

320. एक बंदूकधारी जाट घोड़े पर सवार होकर अपनी यात्रा के दौरान एक जगह चाय पीने के लिए रुका।

उसने अपना घोड़ा चाय के होटल के पास एक पेड़ से बांध दिया और अंदर चाय पीने चला गया।

जब वह लौटा तो पाया कि उसका घोड़ा अपनी जगह पर नहीं है। किसी ने उसे चुरा लिया था। जाट ने बंदूक से एक हवाई फ़ायर दाग़ा और चिल्ला-चिल्ला कर कहने लगा : "जिसने भी मेरा घोड़ा चुराया है वो सुन ले। मैं एक चाय और पीने अंदर जा रहा हूं। इस बीच अगर मेरा घोड़ा वापस इसी जगह पर नहीं मिला तो याद रखना...इस जगह का भी वही हाल करूंगा...जो घोड़ा चोरी होने पर मैंने जयपुर में किया था।"

चाय पीकर जाट जब लौटा तो उसका घोड़ा अपनी जगह पर वापस बंधा था। वह उस पर सवार होकर चलने लगा...

तभी होटलवाले ने आवाज़ देकर उसे रोका : "चौधरी साहब, जरा वो किस्सा तो सुनाते जाओ। जयपुर में आख़िर आपने क्या किया था?"

जाट : "करना क्या था?? वहां से पैदल ही चला गया था!"

❋

321. संता रोटी का एक निवाला ख़ुद खा रहा था और एक पास में बैठी मुर्गी को खिला रहा था...

बंता : "ये क्या कर रहा है?"

संता : "चिकन के साथ रोटी खा रहा हूं।"

❋

322. संता (क्रोध में) : "मेरा ऑर्डर अभी तक क्यों नहीं आया?"

आदमी (काउंटर से) : "आप पहले नम्रता से बात कीजिए।"

संता (शांत होकर) : "हां, कराओ बात नम्रता से।"

❋

323. टीचर बंटी से : "5 आदमियों को खिलाने के लिए 3 किलोग्राम दाल लगती है...तो बताओ कि 75 आदमियों के लिए कितनी दाल की ज़रूरत होगी?"
बंटी : "सर! दाल उतनी ही लगेगी...केवल पानी और डालना पड़ेगा।"

❋

324. टीचर : "बताओ बच्चों! घर-घर शौचालय बनाने से क्या-क्या फ़ायदे हैं?"
टिल्लू : "मास्टर जी, वातावरण शुद्ध रहता है।"
टीचर : "शाबाश, और दूसरा..."
टिल्लू : "आगे नहीं सरकना पड़ता।"

❋

325. पत्नी : "कुछ दिनों से अनमने से लग रहे हो, डॉक्टर को दिखा लो।"
पति : "दिखाया था। पैसों की कमी बताई है।"

❋

326. महिला : "सेठ जी! लाल मिर्च देना।"
सेठ (नौकर से) : "हरी मिर्च दे जल्दी।"
महिला : "सेठ जी! लाल मिर्च चाहिए।"
सेठ : "हरी मिर्च देना जल्दी।"
महिला (गुस्से से) : "अबे पागल हो गया है क्या सेठ? लाल मिर्च मांग रही हूं लाल!"
सेठ : "बहन जी! ठंड रखो। लाल मिर्च ही दूंगा। हरी तो नौकर का नाम है।"

❋

327. एक महिला ख़रीदारी करने मॉल में गई। कैश काउंटर पर पेमेंट के लिए उसने पर्स खोला तो दुकानदार ने महिला के पर्स में टीवी का रिमोट देखा। दुकानदार

से रहा नहीं गया। उसने पूछा, "आप टीवी का रिमोट हमेशा अपने साथ लेकर चलती हैं?" महिला, "नहीं, हमेशा नहीं, लेकिन आज मेरे पति ने ख़रीदारी के लिए मेरे साथ आने से मना कर दिया, तो मैं तमिल धार्मिक चैनल पर टीवी लगाकर आई हूं।"

कहानी अभी जारी है...

दुकानदार हंसते हुए बोला, "मैं सभी सामान वापस रख लेता हूं। आपके पति ने आपका क्रेडिट कार्ड ब्लॉक कर दिया है..."

सीख : अपने पति के शौक़ का सम्मान करें।

कहानी अभी जारी है...

महिला थोड़ी हंसी। फिर अपने पर्स से अपने पति का क्रेडिट कार्ड निकाला और बिल की पूरी पेमेंट कर दी।

(पति ने पत्नी का कार्ड ब्लॉक कर दिया था पर अपना कार्ड नहीं।)

सीख : भारतीय नारी की शक्ति को कभी कम नहीं समझना चाहिए।

❋

328. - एक हाथ में लिपस्टिक

- दूसरे में मोबाइल
- एक कान कुकर की सीटी पर
- दूसरा वॉट्स एप की नोटिफ़िकेशन पर
- एक आंख टीवी पर
- दूसरी पति की हरकतों पर

कौन कहता है नारी जीवन आसान है...?

❋

329. पत्नी ने अपने पति से पूछा : "आप मुझसे कब तक प्रेम करोगे?"

पति ने उसकी आंखों से आंसू की एक बूंद निकालकर समुद्र के पानी में डाल दी।

और बोला, "ये आंसू की बूंद जब तक तुम खोजकर नहीं निकालती मैं तब तक तुमसे प्रेम करूंगा।"

ये देखकर बेचारे समुद्र की भी आंखों में पानी आ गया...और वो बोला - "कहां से सीखते हो पत्नी को इतना चूना लगाना???"

❋

330. एक बार कचहरी में एक गवाह बहुत लंबे-लंबे बयान दे रहा था।

सरकारी वकील नाराज़ हो गया और गवाह से बोला, "इतना अधिक बोलने की ज़रूरत नहीं है। तुमसे जो पूछा जाए उसका जवाब केवल 'हां' या 'ना' में ही दो।"

गवाह : "हुज़ूर! हर सवाल का जवाब 'हां' या 'ना' में नहीं दिया जा सकता।"

वकील : "बिलकुल दिया जा सकता है। तुम मुझसे कोई भी सवाल पूछो। मैं 'हां' या 'ना' में जवाब देकर दिखाता हूं।"

गवाह : "ठीक है हुज़ूर! आपकी ज़िद पर मैं आपसे एक सवाल पूछता हूं। आप सिर्फ़ 'हां' या 'ना' में ही जवाब दीजिएगा।"

वकील : "पूछो?"

गवाह : "क्या आपकी बीवी ने आपको पीटना छोड़ दिया है?"

❋

331. जज : "तुम्हें तलाक़ क्यों चाहिए?"

याचिकाकर्ता : "जब साहब! मेरी बीवी मुझसे लहसुन छिलवाती है, प्याज़ कटवाती है, बर्तन मंजवाती है। कपड़े धुलवाती है।"

जज : "इसमें दिक़्क़त क्या है? लहसुन को थोड़ा गर्म कर लिया करो आसानी से छिल जाएंगे। प्याज़ को काटने से पहले फ़्रिज में रख दिया करो, काटते समय आंखें नहीं जलेंगी। बर्तन मांजने से 10 मिनट पहले भरे टब में डाल दिया करो आसानी से साफ़ हो जाएंगे। कपड़े सर्फ़ में डालने से आधा घंटा पहले सादे पानी में भिगो दो दाग़ आसानी से निकल जाएंगे और हाथों को भी तकलीफ़ नहीं होगी।"

याचिकाकर्ता : "समझ गया हुजूर! अर्जी वापस ही दे दो मेरी।"

जज : "क्या समझे?"

याचिकाकर्ता : "यही कि आपकी हालत तो मुझसे भी ख़राब है...!!"

❋

332. पति : "मुझे अपनी बीवी से तलाक़ चाहिए वो बर्तन फेंककर मारती है!"

जज : "अभी से मार रही है या पहले से..."

पति : "पहले से!"

जज : "तो इतने साल बाद तलाक़ क्यों?"

पति : "क्योंकि अब उसका निशाना पक्का हो गया है!"

❋

333. दामाद (ससुर से) : "बाउजी! आपकी बेटी ने नाक में दम कर रखा है!"

ससुर : "बेटा मेरे बारे में सोच...! मेरे पास तो उसकी भी मां है...!!"

❋

334. ससुर का फ़ोन : "दामाद जी! तुम्हारे साले के लिए लड़की देखने जाना है। हो सके तो आप आ जाओ।"

दामाद : "आप लोग ही देख लो, मेरा तो ख़ुद का डिसीज़न ग़लत हुआ पड़ा है।"

❋

335. बीवी रात को कपड़े उतारते हुए तिरछी नज़रों से पति की तरफ़ देखते हुए बोली, "पता है ना क्या करना है?"

पति, "ऐसी की तैसी। मैं इतनी रात को कपड़े नहीं धोऊंगा।"

❋

336. मैं भी अनपढ़ लड़की से प्यार कर बैठा, प्यार भरा ख़त लिखा और उसने...अपने बाप को देकर कहा, "बाऊजी! लाइट को बिल आगो।"

❋

337. पत्नी तैयार होकर अपने पति से पूछती है : "कैसी लग रही हूं मैं?"

पति : "क़सम से दिल तो कर रहा है कि तुझे पाकिस्तान फेंक आऊं।"

पत्नी : "मतलब?"

पति : "बम लग रही है बम!"

❋

338 मास्टर जी : "क्या कोई बता सकता हैं कि भगवान ने लड़कियों को क्यों बनाया??"

स्टूडेंट : "तकि वो हम लड़कों की ज़िंदगी बरबाद कर सकें!!"

मास्टर जी : "आंसू ला दिए तेरे जवाब ने! क्लास के बाहर मिल। शाम को दारू पीते हैं साथ में..."

❋

339. शादी क्या होती है...ये समझने के लिए एक वैज्ञानिक ने शादी कर ली।

अब उसको समझ नहीं आ रहा कि विज्ञान क्या होता है...!!

❋

340. डॉक्टर की रात को अचानक नींद खुली। उसने देखा कि उसका टॉयलेट पूरी तरह से ब्लॉक हो गया है। उसने अपनी पत्नी से कहा, "मैं अभी प्लंबर को बुलाता हूं!"

पत्नी ने कहा, "तुम प्लंबर को रात को 3 बजे मत बुलाओ।"

डॉक्टर, "मैं तो बुलाऊंगा। हम भी तो जाते हैं रात को अगर कोई मरीज़ बीमार हो जाए तो।"

उसने प्लंबर को फ़ोन किया, शिकायत की और उसे रात को ही आने को कहा।

प्लंबर ने सुबह आने को कहा तो डॉक्टर ने फिर वही बात कही, "अगर मैं रात को मरीज़ देखने जा सकता हूं तो तुम क्यों नहीं आ सकते?"

रात को 3:30 बजे प्लंबर आंखों को मसलता हुआ पहुंचा।

डॉक्टर ने उसे ब्लॉक टॉयलेट दिखाया। प्लंबर बाहर गया वहां कुछ टैबलेट पड़ी थी। उसने दो उठाईं, टॉयलेट में डालीं और डॉक्टर से कहा कि हर आधे घंटे के बाद एक-एक बाल्टी पानी डालते रहना। अगर कोई फ़र्क़ नहीं पड़े तो सुबह फिर से मुझे कॉल करना। हो सकता है कि एंडोस्कोपी करनी पड़े।"

✻

341. हंसी रोक कर दिखाओ...

एक बहुत ही सुंदर महिला थी। अपने बेटे को पास के मदरसे में उर्दू सीखने भर्ती करवा आई।

उर्दू पढ़ाने वाला मौलाना उस महिला की सुंदरता के बारे में जानता था।

छुट्टी के समय मौलाना ने उसके बेटे से कहा, "अपनी अम्मी को मेरा सलाम कहना..."

बेटे ने आकर मां से कह दिया कि मौलाना साहब ने आपको सलाम भेजा है।

महिला ने भी बेटे के हाथों सलाम का उत्तर सलाम भेजकर दे दिया।

ये सिलसिला हफ़्ते भर चला...

महिला ने पति से परामर्श किया और अगले दिन बेटे से मौलाना को कहलवाया कि शाम को घर पर बुलाया है।

मौलाना ख़ुश...

वह 3 दिन से नहाया नहीं था। उसने बासी शेरवानी पर इस्तरी करवाई, इत्र लगाया और पहुंच गया सुंदर महिला के घर।

महिला ने पहले आवभगत की, चाय-नाश्ता करवाया, फिर बेटे की पढ़ाई के बारे में जानकारी ली।

मौलाना औपचारिक बातें करने के बाद, अपनी असलियत पर आया, और कहा, "माशा अल्लाह! आपको ख़ुदा ने बड़ी फ़ुर्सत में तराशा है।"

महिला, "वो तो है, शुक्रिया!"

मौलाना, "मुझे आपसे इश्क़ हो गया है मोहतरमा..."

महिला, "हां वो तो है, पर ये बात यदि मेरे पति ने सुन ली तो बहुत मुश्किल होगी। वो आते ही होंगे...आप अभी जाइए, कल शाम को फिर आइएगा तब बात करेंगे। मैं आपका इंतज़ार करूंगी।"

मौलाना चलने को हुआ ही था कि बाहर से उस महिला के पति की आवाज़ आई, "कौन हरामख़ोर घर में घुसा है?"

मौलाना घबराया...कहां छुपूं?

महिला ने उसे फटाफट साड़ी पहना दी, घूंघट कर दिया और गेहूं पीसने वाली पत्थर की चक्की के पास बैठा दिया और कहा, "आप धीरे-धीरे गेहूं पीसिए...मैं अभी उनको चाय वगैरह पिलाकर बाहर भेजती हूं, आप मौक़ा देखकर भाग जाना।"

मौलाना लगे चक्की चलाने और गेहूं पीसने...

पति ने प्रवेश किया और पूछा, "ये कौन महिला है?"

महिला, "पड़ोस में नए किराएदार आए हैं उनकी पत्नी है। गेहूं पीसने आई है।"

पति-पत्नी बहुत देर तक हंसी-मज़ाक़ और बातें करते रहे...

एक घंटे बाद पति ने कहा, "मैं ज़रा नुक्कड़ की दुकान से पान खाकर आता हूं।" फिर वह बाहर निकल गया। एक घंटे से गेहूं पीसते-पीसते पसीने से तर-बतर मौलाना ने साड़ी उतार फेंकी और आनन-फ़ानन में वहां से सरपट भाग लिए।

15 दिन बाद।

महिला के बेटे ने मदरसे में मौलाना से कहा, "मां ने आपको सलाम भेजा है।"

मौलाना बोले, "हरामख़ोरों, आटा ख़त्म हो गया होगा। क्या 20 किलो आटा खा गए, जो अब फिर से सलाम भेजा है...!!"

342. यूपी के एक नेता जी ने सोते हुए पेशाब कर दी। बीवी ने पूछा कि ये क्या कर दिया? तो नेता जी ने ये शेर सुनाया -

"नाकामी-ए-राजनीति का अब इतना असर हुआ, आंसू निकल रहे हैं रस्ते बदल-बदल कर।"

❋

343. बीवी ने एक पेंटर से अपनी पेंटिंग बनवाई फिर कुछ सोचकर पेंटर से कहा, "गले में नौलखा हार भी बना दो।" पेंटिंग बनाने के बाद पेंटर ने पूछा, "आपने ऐसा क्यों किया?"

बीवी बोली, "कभी मैं मर गई तो ये दूसरी शादी कर लेंगे। नई वाली आएगी तो ये हार ढूंढ़ेगी और मिलेगा नहीं तो झगड़ा होगा। तब मेरी आत्मा को सच्चा सुकून मिलेगा।"

इसे कहते हैं, ज़िंदगी के साथ भी और ज़िंदगी के बाद भी।

❋

344. लड़की : "पापा जी, आपसे एक महत्त्वपूर्ण बात करनी है।"

पिता : "बोलो बेटा..."

लड़की : "मैं एक लड़के से प्यार करती हूं और वह अमेरिका में रहता है।"

पिता : "लेकिन बेटा! तुम इससे कहां मिलीं...? तुम तो कभी अमेरिका गई नहीं।"

लड़की : "वेबसाइट पर हमारी जान-पहचान हुई। फ़ेसबुक पर हम दोनों दोस्त बने, स्काईप पर उसने मुझे प्रपोज़ किया और वॉट्स एप पर हमने दो महीने तक प्यार की बातें कीं..."

पिता : "ओह सच में!! तो अब ट्विटर पर शादी कर लो, फ़्लिपकार्ट से बच्चे मंगवा लो, जीमेल से रिसीव कर लो और अंत में अगर पति पसंद नहीं आया तो ओएलएक्स पर उसे बेच डालो!!!!!!"

❋

345. आज एक लड़की मिली फ़ेसबुक पर। कहने लगी, "यू आर सो क्यूट।" मैंने उठकर शीशा देखा। फिर मुंह धोकर शीशा देखा। फिर क्रीम लगाकर शीशा देखा। फिर मैं समझ गया ये रिचार्ज कराने के लिए बोलेगी। ब्लॉक कर दिया डायन को!

❋

346. एक सुंदर और तार्किक जवाब :

पत्नी ने पति से पूछा -

पत्नी : "अच्छा यह बताओ कि तुम मूर्ख हो या मैं?"

पति (शांत मन से) : "प्रिय यह बात तो सब लोग जानते हैं कि तुम अत्यंत तीव्र बुद्धि की स्वामिनी हो, इसीलिए यह कभी हो ही नहीं सकता कि तुम किसी मूर्ख व्यक्ति से शादी करो।"

❋

347. सामाजिक भेदभाव का बेहतरीन उदाहरण :

मिसेज़ ओबेरॉय के हसबैंड ड्रिंक करते हैं।

सरला का पति शराब पीता है।

गंगूबाई का आदमी बेवड़ा है।

❋

348. एक बार हरियाणा का एक ताऊ बैंक में पिसे जमा कराने गया।

ताऊ : "ले छोरे पिसे मेरे खाते में डाल दे।"

कैशियर : "ताऊ ये नोट तो नक़ली हैं।"

ताऊ : "फेर तेरे के खाज है, जावेंगे तो मेरे खाते में।"

❋

349. वकील का खोपड़ी...

ठेकेदार से बात हो जाने पर वकील ने साहब के आगे फ़ाइल रखी। साहब ने लिखा : "Approved."

दो दिन बाद, ठेकेदार वादे से मुकर गया...वकील ने साहब को बताया। साहब बोले, "अब क्या करें?" वकील के दिमाग़ का कमाल देखिए...

वकील ने कहा, "सर! Approved के पहले Not शब्द लिख दीजिए यानी Not Approved."

अब ठेकेदार परेशान...फिर वकील से मिलकर बात बनाई...वकील फिर साहब के सामने फ़ाइल लेकर पहुंचा...

साहब झल्लाए..."अब क्या करें?" फिर वकील का दिमाग़ चला...वकील ने कहा, "सर! Not में केवल e लगा दे अर्थात Note Approved."

यह देश वकीलों के दिमाग़ से ही चल रहा है।

❋

350. गुटखा खाने वाले ध्यान दें।

पति बहुत उदास सा घर लौटा तो पत्नी ने पूछ लिया : "क्या बात है? यह मुंह क्यों लटका हुआ है?"

पति : "आज हमारे कारख़ाने में शॉर्ट सर्किट हो गया जिसकी वजह से सारे मज़दूर मर गए।"

पत्नी : "हे ईश्वर...! ख़ैर करे! लेकिन आप कैसे बच गए?"

पति : "मैं थोड़ी देर के लिए बाहर गुटखा खाने चला गया था।"

पत्नी : "चलो तुम्हारी जान बच गई।"

पति : "मालिक ने मरने वाले मज़दूरों के घर वालों को 10 लाख रुपये मुआवज़ा देने की घोषणा की है।"

पत्नी (गुस्से से) : "आग लगे तुम्हारे गुटखे को। हज़ार बार कहा है कि गुटखा न खाया करो...लेकिन नहीं माने...गए न हाथ से 10 लाख।"

❋

351. पत्नी पति से : "मुझे एक नया सूट ख़रीदना है..."

पति : "तुम्हारी अलमारी तो कपड़ों से भरी पड़ी है!"

पत्नी : "अरे, वो कपड़े तो मोहल्ले की सारी औरतें देख चुकी हैं!"

पति : "तो फिर सूट क्या लेना? मोहल्ला ही बदल लेते हैं।"

❋

352. डॉक्टर ने मरीज़ की जांच करने के बाद कहा, "आपको किसी पुरानी बीमारी ने घेर रखा है, जो आपके शरीर को धीरे-धीरे खा रही है।"

मरीज़ : "डॉक्टर साहब! थोड़ा धीरे बोलिए वो बाहर ही बैठी है।"

❋

353. डॉक्टर : "शराब पीते हो तो कसरत करनी भी ज़रूरी है।"

रोगी : "डॉक्टर साहब! ठेके तक तो पैदल ही जाता हूं।"

❋

354. एक लड़का अपनी गर्लफ्रेंड के साथ अपनी बीएमडब्लू कार में डेट पर निकला। रास्ते में लड़का : "मैंने तुमसे एक बात छुपाई है...!"

लड़की : "क्या...?"

लड़का : "मैं पहले से शादीशुदा हूं।"

लड़की : "तुमने तो डरा ही दिया था, मैं समझी बीएमडब्लू कार तुम्हारी नहीं है।"

❋

355. मुन्नी नहाने गई, कपड़े उतारे, दरवाज़े की घंटी बजी।

मुन्नी : "कौन?"

जवाब आया : "पोस्टमैन।"

कपड़े पहनकर लैटर लिया, फिर नहाने गई, कपड़े उतारे, फिर घंटी बजी।

मुन्नी : "कौन?"

जवाब आया : "धोबी।"

फिर कपड़े पहने : धोबी का हिसाब किया। फिर नहाने गई, कपड़े उतारे, फिर घंटी बजी।

मुन्नी फिर बोली : "कौन?"

जवाब आया : "समीर, पड़ोस वाला।"

मुन्नी जानती थी वह अंधा है। क्या फ़र्क़ पड़ता है अगर कपड़े नहीं पहने तो? वह ऐसे ही चली गई। दरवाज़ा खोला। समीर ने मिठाई दी।

मुन्नी : "किस ख़ुशी में?"

समीर : "ऑपरेशन से मेरी आंखें ठीक हो गई हैं!" और इसलिए मुन्नी बदनाम हो गई।

✵

356. कल रात देर तक दोस्तों के साथ पार्टी करके ख़ूब इलायची वग़ैरा चबाकर बड़ी देर से घर पहुंचा, पलंग पर पीठ टिकाई, उसे बांहों में समेटा। वो मुस्करा कर बोली, "शराब पीकर आए हो ना...?"

मैं बोला : "हां सच है पर तुमने कैसे पहचाना...?"

वो बोली : "आपका घर ऊपर वाले फ़्लैट में है।"

✵

357. हरियाणवी आदमी जवाब उलटे नहीं देता, लोग सवाल उलटे करते हैं - नहीं यक़ीन आता, तो पढ़िए मस्त जोक।

जज : "तू तीसरी बार अदालत आया है, तने शर्म कोनी आती?"

हरियाणवी : "तू तो रोज़ आवे है, तने तो डूब के मर जाना चाजिए।"

ग्राहक : "थारी भैंस की एक आंख तो ख़राब सै, फैर भी तू इसके 25 हज़ार रुपये मांगन लाग्या सै?"

हरियाणवी : "तन्नै भैंस दूध खात्तर चाहिए या नैन-मटक्का करन खात्तर?"

हज्ज़ाम (हरियाणा के ताऊ से) : "ताऊ बाल छोटे करने हैं के?"

ताऊ : "भाई! बड़े भी कर सके है के?"

एक दिन पड़ोस का हरियाणवी छोरा आकर बोल्या-

"रे चाचा, अपनी इस्त्री दे दे..."

चाचा ने अपनी ज़नानी की ओर इशारा करया और बोला, "ले जा वा बैठी..." छोरा चुपचाप देखन लाग्या...

छोरा बोल्या : "चाचा यो नहीं, कपड़े वाली..."

चाचा बोल्या : "भले मानस, यो तन्ने बग़ैर कपड़े दिखे है के???"

छोरा गुस्से में चीख़ा : "रे चाचा! बावला ना बन, करंट वाली इस्त्री..."

चाचा : "बावले, हाथ ते लगा के देख...जे ना मारे करंट...फेर कहिए।"

❋

358. ताऊ (मास्टर से) : "मेरा छोरा पढ़ाई में कैसा है?"

मास्टर : "चौधरी यूं समझ ले...आर्यभट्ट ने ज़ीरो की खोज इसके ख़ातिर ही करी थी।"

❋

359. हरियाणा स्पेशल -

टीचर : "तुम्हें पता है हमारे पूर्वज बंदर थे?"

जाट : "थारे होंगे, म्हारे तो चौधरी थे।"

❋

360. जाट दिल्ली चला गया। रेलवे स्टेशन पर अख़बार वाले से बोला, "एक अख़बार देना।"

अख़बार वाला : "हिंदी का या अंग्रेज़ी का?"

जाट : "भाई कोई भी दे दे। मन्ने तो रोटी लपेटनी है।"

361. पत्नी (हरियाणा पुलिस से) : "जी! म्हारा घर वाला 5 दिन पहला गोभी लेने गया था। इब तक कोणी आया।"

हरियाणा पुलिस : "फेर के होया, कोई और सब्ज़ी बना ले। ज़रूरी है गोभी बनानी?"

※

362. संता : "मैं तीरथ यात्रा पर जा रहा हूं। सोच रहा हूं दारू छोड़ दूं।"

बंता : "ये तो बहुत अच्छी बात है। इसमें दिक़्क़त क्या है?"

संता : "पर किसके पास छोडूं? सारे दोस्त कमीने हैं, साले पी जाएंगे!"

※

363. अध्यापक : "मन्नू, घर की परिभाषा बताओ।"

मन्नू : "जो घर हौसले से बनाए जाते हैं उसे 'हाउस' कहते हैं...

जिन घरों में हवन होते हैं उन्हें 'होम' कहते हैं...

जिन घरों में हवा ज़्यादा चलती है उन्हें 'हवेली' कहते हैं...

जिन घरों में दीवारों के भी कान होते हैं उन्हें 'मकान' कहते हैं...

जिन घरों के लोन की इंस्टॉलमेंट भरते-भरते आदमी लेट जाता है उन्हें 'फ़्लैट' कहते हैं...

और जिन घरों में यह भी न पता हो कि बग़ल के घर में कौन रहता है उन्हें 'बंगला' कहते हैं।"

※

364. एक एक्सिडेंट हुआ...बहुत भीड़ जमा हो गई।

पप्पू को देखने का मौक़ा नहीं मिल रहा था!

उसने बहुत कोशिश की पर कुछ भी नहीं देख पाया...

पप्पू दिमाग़ लगाकर बोला, "हट जाओ सब। ये मेरा बाप है!"

भीड़ पीछे हटी तो देखा कुत्ता मरा पड़ा था।

365. टीचर : "बच्चों! बताओ 'आई लव यू' शब्द का आविष्कार किस देश में हुआ था?"

स्टूडेंट : "सर! चाइना में।"

टीचर : "वो कैसे?"

स्टूडेंट : "इसमें सारे चाइनीज़ गुण हैं न कोई गारंटी, ना कोई वारंटी, चले तो चांद तक, न चले तो शाम तक।"

❋

366. एक शराबी दारू पी-पीकर मर गया लेकिन उसकी दारू के प्रति श्रद्धा देखो :

"वो मरकर भी यह कह गया...शराब तो ठीक थी!! पर मेरा लीवर ही कमज़ोर निकला।"

❋

367. एक शराबी साधु से टकरा गया तो साधु बोला : "अरे मूर्ख, मैं तुझे श्राप देता हूं।"

शराबी : "बाबा जी रुको, मुझे गिलास ले आने दो।"

❋

368. उपदेशक : "अगर गधे को शराब और पानी दोनों पीने को दिए जाएं तो गधा क्या पिएगा?"

शराबी : "ज़ाहिर है वो पानी पिएगा।"

उपदेशक : "क्यों?"

शराबी : "क्योंकि वो गधा है।"

❋

369. शराबी को शुद्ध दारू पीता देखकर अमेरिकन बोला : "पानी तो मिला लो भाई।"

शराबी : "हम इंडियन हैं। इतना पानी तो दारू देखकर ही हमारे मुंह में आ जाता है।"

❋

370. पुलिस (शराबी से) : "रात के 1 बजे तुम कहां जा रहे हो?"

शराबी : "मैं शराब पीने के दुष्परिणाम पर भाषण सुनने जा रहा हूं।"

पुलिस : "इतनी रात में तुम्हें कौन भाषण देगा?"

शराबी : "मेरी बीवी।"

❋

371. एक शराबी एयरपोर्ट के बाहर खड़ा था।

एक वर्दीधारी युवक उधर से गुज़रा। शराबी ने उससे कहा : "एक टैक्सी ले आओ।"

युवक : "मैं पायलट हूं, टैक्सी ड्राइवर नहीं।"

शराबी : "नाराज़ क्यों होते हो भाई! तो एक हवाई जहाज़ ले आओ।"

❋

372. शराबी : "गरम क्या है?"

वेटर : "चाउमीन।"

शराबी : "और गरम?"

वेटर : "सूप।"

शराबी : "और गरम?"

वेटर : "उबलता पानी।"

शराबी : "और गरम?"

वेटर : "आग का गोला है साले।"

शराबी : "लेकर आओ, बीड़ी जलानी है।"

373. पंजाबी शादी की पार्टी में डीजे बजाने वाले ने पूछा : "कब तक बजाना है?"

मेज़बान : "8-10 पैग तक बजा लो, उसके बाद तो ये सब जनरेटर की आवाज़ पर भी नाच लेंगे।"

❋

374. शराबी दरवाज़े पर दस्तक देता है। उसकी बीवी दरवाज़ा खोलती है।

शराबी : "कौन हैं आप?"

बीवी : "मुझे भूल गए क्या आप?"

शराबी : "नशा हर ग़म को भुला देता है बहन।"

❋

375. पियक्कड़ों ने दारू पीकर एक टैक्सी रोकी और कहा, "चल।"

टैक्सी चालक ने गाड़ी स्टार्ट की और फिर बंद कर दी। फिर बोला, "ये लो साहब पहुंच गए।"

पहले ने उसे पैसे दे दिए, दूसरा बोला 'धन्यवाद,' तीसरे ने एक थप्पड़ जड़ दिया और बोला : "आराम से चलाया कर मरवा देता आज।"

❋

376. एक शराबी लेटकर गाने गा रहा था। 2-3 गाने गाकर वो उलटा लेटकर गाने लगा...

दूसरा शराबी : "यार! उलटा लेटकर गाने क्यों गाने लगा?"

शराबी : "पहले साइड ए थी अब बी साइड है।"

❋

377. एक शराबी आंखें दान करने गया। काउंटर क्लर्क ने कहा, "कुछ कहना चाहते हो?"

शराबी : "जिसे लगाओ उसे बता देना कि दो घूंट पीने के बाद खुलती हैं!"

378. एक महिला एक सांड को घी से चुपड़ी रोटियां खिला रही थी। वहां खड़े एक सज्जन को आश्चर्य हुआ कि कदाचित यह महिला सांड को गाय समझ रही है...

सज्जन व्यक्ति बोला : "बहन यह सांड है गाय नहीं। आप इसे रोटियां खिला रही हैं किंतु यह प्रतिदिन गांव में तीन-चार लोगों को सींग मारकर हड्डियां तोड़ देता है।"

महिला : "भाई साहब! मुझे पता है कि यह सांड है। मेरे पति ऑर्थोपेडिक डॉक्टर है, उनका हॉस्पिटल इस सांड के कारण ही चलता है।"

❋

379. ताई ताऊ से यूं बोली : "आप देशी पियो तो मनै पटाका कहो हो। इंगलिश पियो तो डार्लिंग कहो हो, बैगपाइपर पियो तो बैगम कहो हो। 8पीएम पियो तो आइटम कहो हो। आज कौन सी पीकै आग्या जो डायन कहो हो?"

ताऊ : "आज ठेके बंद थे। स्प्राइट पी है, सब क्लियर हो गया।"

❋

380. बीवी : "कोई नया शेर सुनाओ।"

पति : "संगमरमर से तराशा...ख़ुदा ने तेरी सूरत को...!"

बीवी (खुशी से) : "आगे...आगे?"

पति : "बाक़ी बचा पत्थर उसने तेरी अक़्ल पर रख दिया!!!"

❋

381. कैसी माया है...केले खाने से हड्डी मज़बूत होती है।

और केले के छिलके पर पैर रखने से टूट जाती है।

❋

382. निर्मल बाबा एक दिन दरबार में बैठे थे और भक्त अपनी दुख भरी कहानियां सुनाकर बाबा से सलाह मांग रहे थे।

पल्टू : "बाबा की जय हो! बाबा मुझे कोई रास्ता दिखाओ, मेरी शादी तय नहीं हो रही, आपकी शरण में आया हूं।"

निर्मल बाबा : "आप काम क्या करते हो?"

पल्टू : "शादी करवाने के लिए कौनसा काम करना उचित रहेगा?"

निर्मल बाबा : "तुम मिठाई की दुकान खोल लो।"

पल्टू : "बाबा, वो तो 25 सालों से खुली हुई है, मेरे पिताजी की मिठाई की ही दुकान है।"

निर्मल बाबा : "शनिवार को सुबह 9 बजे दुकान खोला करो।"

पल्टू : "शनि मंदिर के बग़ल में ही मेरी दुकान है और मैं रोज़ 9 बजे ही खोलता हूं।"

निर्मल बाबा : "काले रंग के कुत्ते को मिठाई खिलाया करो।"

पल्टू : "मेरे घर में दो काले कुत्ते ही हैं - टोनी और बंटी। सुबह-शाम मिठाई खिलाता हूं।"

निर्मल बाबा : "तुम कितने भाई-बहन हो?"

पल्टू : "बाबा आपके हिसाब से शादी तय होने के लिए कितने भाई-बहन होने चाहिए?"

निर्मल बाबा : "दो भाई एक बहन होनी चाहिए।"

पल्टू : "बाबा, मेरे असल में दो भाई एक बहन ही है। प्रकाश, दीपक और मीना।"

निर्मल बाबा : "दान किया करो।"

पल्टू : "बाबा! मैंने अनाथ आश्रम खोल रखा है, रोज़ दान करता हूं।"

निर्मल बाबा : "एक बार बद्रीनाथ हो आओ।"

पल्टू : "बाबा आपके हिसाब से शादी करने के लिए कितनी बार बद्रीनाथ जाना ज़रूरी है?"

निर्मल बाबा : "ज़िंदगी में एक बार हो आओ।"

पल्टू : "मैं तीन बार जा चुका हूं।"

निर्मल बाबा : "नीले रंग की शर्ट पहना करो।"

पल्टू : "बाबा मेरे पास सिर्फ़ नीले रंग के ही कुर्ते हैं। कल सारे धोने के लिए दिए हैं, वापस मिलेंगे तो सिर्फ़ वही पहनूंगा।"

बाबा शांत होकर जप करने लगते हैं। इस हरामख़ोर को क्या बोलूं जो इसने नहीं किया हो।

पल्टू : "बाबा एक बात कहूं?"

निर्मल बाबा : "हां ज़रूर, बोलो बेटा जो बोलना है।"

पल्टू : "मैं पहले से शादीशुदा हूं, और तीन बच्चों का बाप हूं। इधर से गुज़र रहा था, सोचा तुम्हें अंगुली करता चलूं।"

❋

383. "आरबीआई नए नोटों पर इतना और लिख देता कि 'कश्मीर भारत का है' तो पड़ोसी देश नक़ली नोट ही नहीं छापता।"

❋

384. सवाल पूछा गया कि बीवी के पैर दबाना ख़िदमत है या मोहब्बत?

गुरु जी ने जवाब दिया : "बीवी अपनी हो तो ख़िदमत और पड़ोसी की हो तो मोहब्बत।"

❋

385. बूढ़ा-बुढ़िया की कहानी ।

एक बूढ़ा आया। साथ में एक बुढ़िया लाया। होटल में जाकर वेटरों को बुलाया। दोनों ने अपना अपना ऑर्डर मंगवाया।

पहले बूढ़े ने खाया। बुढ़िया ने बिल चुकाया। फिर बुढ़िया ने खाया बूढ़े ने बिल चुकाया।

ये देखकर वेटर चकराया। वो उनके पास आया और बोला, "जब तुम दोनों में इतना प्यार है तो खाना एक साथ क्यों नहीं खाया?" इस पर बूढ़े ने फ़रमाया, "जानी! तेरा सवाल तो नेक है पर हमारे पास दांतों का सेट सिर्फ़ एक है।"

386. शर्मा जी : "तेरी बीवी कल क्यों ज़ोर-ज़ोर से चिल्ला रही थी? उसकी आवाज़ मेरे घर तक आ रही थी..."

वर्मा जी : "अरे यार! ऐसी कोई ख़ास बात नहीं थी, उसकी फ़ोटो फ़ेसबुक पर अपलोड करने की जगह ओएलएक्स पर अपलोड हो गई और हद तो तब हो गई जब एक लड़के ने कहा कि भाई ये 1960 का कबाड़ किसने डाला है?"

❋

387. पति ने ऑफ़िस में बैठे-बैठे फ़ेसबुक पर पोस्ट किया...

"पंछी बनूं उड़ता फिरूं मस्त गगन में..."

तभी बीवी का कमेंट आया...

"धरती छूते ही धनिया ले आना अपने भवन में, वरना एक भी बाल नहीं बचेगा तुम्हारे चमन में..."

❋

388. मैंने पूछा चांद से कि देखा है कहीं मेरे यार सा हसीं...?

चांद ने कहा...

"पहली गल : इन्नी दूरों कुछ नी दिखदा।

दूजी गल : मैं तेरे पिओ दा नौकर नईं।

तीजी गल : एह कंजर! कलेश थल्ले ही रखिया करो। मेरे कोल ना लेके आया करो।"

❋

389. पत्नी पति से बोली : "देखो जी, शिव-पार्वती के फ़ोटो में शिव जी त्रिशूल लिए हुए हैं...

विष्णु-लक्ष्मी के फ़ोटो में विष्णु जी चक्र के साथ हैं और

सीता-राम को देखिए, राम जी के हाथ में धनुष है...

राधा-कृष्ण की तसवीर में बांसुरी बजाते हुए कृष्ण हैं। ऐसा क्यों...?"

पति ने समझाया, "अरे पगली, इतनी छोटी सी बात नहीं समझती हो!! सभी देवता अपनी पत्नियों के साथ हैं, इसलिए अपने हथियारों के साथ हैं और भगवान कृष्ण जी अपनी गर्लफ़्रेंड राधा के साथ हैं इसलिए वह चैन की बंसी बजा रहे हैं...!!"

❋

390. बीवियां...

"आती हैं हीर की तरह, लगती हैं खीर की तरह, फिर चुभती हैं तीर की तरह। आख़िर में हालत कर देती हैं फ़क़ीर की तरह!!"

❋

391. दुनिया में तीन ही ऐसे लोग हैं जिन्हें औरतें ध्यान से सुनती हैं और ईमानदारी से उनका कहना भी मानती हैं :

ब्यूटिशियन, दर्जी और तीसरा फ़ोटोग्राफ़र।

बाक़ी तो वो किसी के बाप की भी नहीं सुनतीं...!

❋

392. पति : "आज सब्ज़ी में नमक थोड़ा ज़्यादा लग रहा है।"

पत्नी : "नमक ठीक है, सब्ज़ी कम पड़ गई। बोला था ज़्यादा लाया करो।"

पति : "आलू के पराठों में आलू तो नज़र नहीं आ रहे हैं।"

पत्नी : "चुपचाप खा लो!! कश्मीरी पुलाव में क्या कश्मीर नज़र आता है?"

पत्नी सदैव सही होती है।

❋

393. पति : "तीन दिन से लगातार लौकी खा रहा हूं, अब एक महीना नहीं खाऊंगा!!!"

बीवी : "यही बात तंबाकू के लिए क्यों नहीं बोलते???"

पति : "कल भी लौकी ही बनाना।"

❋

394. पति (दूध पीकर) : "छिः ये कैसा दूध है?"

बीवी : "वो केसर ख़त्म हो गया था जी तो मैंने आपकी जेब से विमल पान मसाला डाल दिया क्योंकि इसके दाने-दाने में है केसर का दम!"

❋

395. सवाल : वो कौन सी चीज़ है जो हमेशा आपकी ही रहेगी आपकी बीवी की नहीं हो सकती?

जवाब : ग़लती।

❋

396. कंजूस के घर मेहमान आया।

कंजूस : "क्या लेंगे आप ठंडा या गर्म?"

मेहमान : "दोनों ही मंगवा लो।"

कंजूस : "पप्पू की मां दो गिलास पानी लाना। एक फ़्रीज़र से और एक गीज़र से।"

❋

397. एक बार एक जाट प्लेन से लंदन जा रहा था। बग़ल में एक अंग्रेज़ बैठा हुआ था।

जाट ने अंग्रेज़ से पूछा : "आप क्या करते हो?"

अंग्रेज़ : "मैं एक साइंटिस्ट हूं...और आप?"

जाट : "मैं मास्टर हूं।"

अंग्रेज़ : "वाह टीचर! क्या हम किसी टॉपिक पर बात कर सकते हैं?"

जाट : "बिलकुल।"

अंग्रेज़ : "अच्छा तुम मुझे जीएसटी के बारे में कुछ बताओ?"

जाट ये सुनकर चुप रह गया।

अंग्रेज़ : "ओह तो तुम नहीं जानते?"

जाट : "जानता तो हूं तुम पहले मेरे एक सवाल का जवाब दो।"

अंग्रेज़ : "पूछो?"

जाट : "मंदिर में भी घंटा होता है और चर्च में भी घंटा होता है तो फिर चर्च का घंटा मंदिर के घंटे से बड़ा क्यों होता है?"

अंग्रेज़ कुछ देर सोचता रहा फिर बोला : "मैं नहीं जानता।"

जाट ने एक दिया खींचकर कान के नीचे और बोला : "अबे साले! पता तनै घंटे का भी ना है और बात जीएसटी की करै है!!"

❋

398. दारू की वजह से बर्बाद शराबी ने क़सम ली...और घर से दारू की ख़ाली बोतलें फेंकने लगा।

पहली बोतल फेंकते हुए बोला : "तेरी वजह से मेरी नौकरी गई।"

दूसरी बोतल फेंकते हुए बोला : "तेरी वजह से मेरा घर बिका।"

तीसरी बोतल फेंकते हुए बोला : "तेरी वजह से मेरी बीवी चली गई।"

चौथी उठाई तो वो भरी हुई निकली...तो बोला :

"तू साइड में हो जा पगली! तू तो बेक़सूर है!!"

❋

399. भोलेनाथ : "मांगो वत्स! क्या वर चाहिए तुम्हें?"

भक्त : "मुझे पत्नी के साथ लड़ने की शक्ति दो। हिम्मत दो। बुद्धि दो प्रभु।"

भोलेनाथ : "इसको एक तरफ़ बैठाओ। शायद भांग ज़्यादा पी गया है।"

400. एक आदमी रोज़ बार में जाता और तीन गिलास बियर मंगवाता। वो तीनों गिलास से एक-एक सिप मारता ख़त्म होने तक।

एक दिन वेटर से रहा नहीं गया और उसने पूछा, "तुम तीन गिलास क्यों मंगवाते हो? एक गिलास से भी पी सकते हो?"

वो आदमी उदास होते हुए बोला, "हम तीन बचपन के दोस्त हैं। पर बहुत दूर-दूर रहते हैं। इसलिए दो गिलास उनके लिए और एक मेरे लिए मंगवाता हूं। ऐसा लगता है कि वो मेरे पास हैं और हम साथ में पी रहे हैं।"

कुछ सालों बाद अचानक एक दिन उस आदमी ने केवल दो गिलास बियर मंगवाई। वो बहुत उदास नज़र आ रहा था। केवल दो गिलास में सिप करके पी रहा था।

वेटर ने सोचा कि शायद इसका एक दोस्त निपट गया।

वेटर उसको सांत्वना देने के लिए उसके पास पहुंचा।

वेटर ने पूछा, "तुम्हारे एक दोस्त को क्या हुआ? आज केवल दो गिलास ही क्यों मंगवाए?"

उस आदमी ने बड़ी मायूसी से जवाब दिया, "मेरे दोनों दोस्त बिलकुल ठीक हैं पर पत्नी के बार-बार कहने पर मैंने ही पीना छोड़ दिया है।"

❋

401. देसी दारू का कमाल!

दो दोस्त बातें कर रहे थे। पहले ने कहा : "यार! कल रात घर देर से पहुंचा, बेल बजाई पर बीवी ने दरवाज़ा खोला ही नहीं! पूरी रात सड़क पर गुज़ारी।"

दूसरा : "फिर सुबह बीवी की ख़बर ली कि नहीं?"

पहला : "नहीं यार, सवेरे दारू उतरी तो याद आया अभी तो मेरी शादी ही नहीं हुई है और चाबी तो जेब में थी!!!"

❋

402. एक सीनियर सिटिज़न अपनी नई कार 100 की स्पीड में चला रहे थे। रियर व्यू मिरर में उन्होंने देखा कि पुलिस की एक गाड़ी उनके पीछे लगी हुई है। उन्होंने कार की स्पीड और बढ़ा दी। 140 फिर 150 और फिर 170...

अचानक उन्हें याद आया कि इन हरकतों के लिहाज़ से वे बहुत बूढ़े हो चुके हैं और ऐसी हरकतें उन्हें शोभा नहीं देतीं।

उन्होंने सड़क के किनारे कार रोक दी और पुलिस का इंतज़ार करने लगे। पुलिस की गाड़ी क़रीब आकर रुकी और उसमें से इंस्पेक्टर निकलकर बुज़ुर्ग महाशय के पास आया और बुज़ुर्ग से बोला : "सर! इतनी स्पीड से कार चलाने का अगर आप मुझे कोई ऐसा कारण बता सके जो मैंने आज तक नहीं सुना हो तो मैं आपको छोड़ दूंगा।"

बुज़ुर्ग ने बहुत गंभीर होकर इंस्पेक्टर की तरफ़ देखा और कहा, "बहुत साल पहले मेरी बीवी पुलिसवाले के साथ भाग गई थी। मैंने सोचा कि तुम उसे लौटाने आ रहे हो इसलिए..."

इंस्पेक्टर वहां से जाते हुए बोला : "हेव अ गुड डे सर!"

❋

403. टीचर : "ऐसे द्रव का नाम बताओ जिसे जमा नहीं सकते?"

स्टूडेंट : "गरम पानी।"

टीचर : "कौन से महीने में 28 दिन होते हैं?"

स्टूडेंट : "सर! वो तो हर महीने में होते हैं।"

टीचर (गुस्से में) : "जा बाहर जाकर लाइन में सबसे आख़िर में खड़ा हो जा..."

थोड़ी देर बाद...

टीचर (गुस्से में) : "तुझे मैंने कहा था ना सबसे आख़िर में खड़ा हो जा।"

स्टूडेंट : "सर! पर उस जगह पर पहले से ही कोई खड़ा है!!"

❋

404. संजू ऑटो में सफ़र कर रहा था।

ऑटो वाला : "30 रुपये हुए साहब...!"

संजू ने उसे 15 रुपये दिए।

ऑटो वाला : "ये तो आधा है साहब..."

संजू : "हां! तू भी तो बैठकर आया है...आधा तू दे।"

405. ट्रेन में पास बैठे यात्री से पूछा : "क्या मैं आपके पास पड़ी बोरी पर बैठ जाऊं?"

यात्री : "नहीं! तेरे ख़रबूज़े फट जाएंगे।"

"अच्छा तो इसमें ख़रबूज़े हैं?"

यात्री : "नहीं इसमें कीलें हैं, ख़रबूज़े तो तेरे फटेंगे।"

❋

406. हंसी रोक नहीं पाओगे...

पुलिस वाले दरवाज़ा खटखटाते हैं।

मैडम : "कौन?"

"जी, हम पुलिस वाले हैं। आपके पति का एक्सीडेंट हो गया है उनके ऊपर से गाड़ी गुज़र गई है। वो एकदम पापड़ बन गए हैं।"

मैडम : "तो दरवाज़ा खोलने की क्या ज़रूरत है। नीचे से ही सरका दो।"

❋

407. मास्टर जी : "इस मुहावरे का अर्थ बताओ - सांप की दुम पर पैर रखना।"

स्टूडेंट : "पत्नी को मायके जाने से रोकना।"

मास्टर जी समझ नहीं पा रहे हैं कि इसे क्लास से बाहर निकालें या क्लास का मॉनीटर बनाएं...

❋

408. एक शराबी ने 98.3 एफ़एम पर फ़ोन किया।

शराबी : "मुझे तिलक रोड पर एक पर्स मिला है जिसमे 15000 रुपये कैश, एक आइफ़ोन 6 प्लस, एक क्रेडिट कार्ड और किसी सीमा नाम की लड़की की आईडी मिली है।"

रेडियो जॉकी : "वाह! आप कितने ईमानदार हैं। तो आप उन्हें वो पर्स वापस करना चाहेंगे...राइट???"

शराबी : "नहीं!! मैं चाहता हूं कि सीमा जी के लिए दर्द भरा गाना हो जाए!!!"

❋

409. पोस्टमैन ने डोर बेल बजाई। एक छोटा बच्चा मुंह में सिगरेट और हाथ में बियर की बोतल लेकर बाहर आया।

पोस्टमैन : "बेटा पापा घर में हैं।"

बच्चा : "साले! मुझे देखकर लगता है कि पापा घर पर होंगे!"

❋

410. बचपन में सबसे ज़्यादा दुख तो तब होता था जब रात भर चल रही बारिश सुबह स्कूल के टाइम पर बंद हो जाती थी।

❋

411. हेलमेट और पत्नी दोनों का स्वभाव एक जैसा होता है...

सिर पर बैठाकर रखो तो जान बची रहेगी...

❋

412. पत्नी ने अंगुली के इशारे से पति को बुलाया...

पति : "बोलो क्या काम है!"

पत्नी : "कुछ नहीं बस अंगुली की ताक़त चेक कर रही थी!!"

❋

413. बाप ने देखा कि बेटा जीन्स का बटन लगा रहा था...

बाप : "बेटा हमने तुम्हारा विवाह कराया, बहू घर आई फिर भी तुम अपनी पतलून में खुद ही बटन लगा रहे हो?"

बेटा : "पिताजी आप ग़लत सोच रहे हैं, यह जीन्स उसी की है।"

❋

414. मास्टर जी : "बच्चों! कंजूस किसे कहते हैं?"

छात्र : "जो 20 मैसेज भेजने पर भी रिप्लाई नहीं करे।"

मास्टर जी : "बहुत अच्छे! एक उदाहरण दो।"

छात्र : "आपकी बेटी।"

❋

415. एक समय था जब रात के 12 बजे के बाद भूतों का राज हुआ करता था... लेकिन फ़ेसबुक और वॉट्स एप ने इनका भी रोज़गार छीन लिया।

❋

416. पप्पू : "पापा पांच सौ रुपये दे दो!"

पापा : "क्या करोगे?"

पप्पू : "मेरे सारे दोस्तों का अकाउंट है! मैं भी खुलवाऊंगा!"

पापा : "कहां पर?"

पप्पू : "सिगरेट की दुकान पर।"

दे चप्पल, दे चप्पल...

❋

417. नौकारानी से बर्तन टूट गया!!

मालकिन की आवाज़ आई : "हरामज़ादी! ये क्या किया तूने?"

बच्चा : "मम्मी! ये हरामज़ादी क्या होता है?"

मां (ये सोचते हुए कि बच्चा गाली न सीख जाए इसलिए कहा) : "सेहतमंद।" अगले दिन फिर से 1 और बर्तन टूट गया, मालकिन ने फिर से गाली दी,

"फिर बर्तन तोड़ दिया 'कमीनी' ने।"

बच्चा : "मां! 'कमीनी' क्या होता है?"

मां : "कमज़ोर।"

एक दिन बच्चे की नानी बीमार हो गईं। बच्चा मां के साथ नानी को देखने गया और कहने लगा, "मां! नानी जी पहले कितनी 'हरामज़ादी' थीं अब कितनी 'कमीनी' होती जा रही हैं!!"

❋

418. मंदी में पति की लिखी इक कविता अपनी पत्नी को...

"प्रिये! क्यों तुम नए-नए सूट सिलाती हो? पुरानी साड़ी में भी तुम अप्सरा सी नज़र आती हो।

इन ब्यूटी पार्लरों के चक्करों में ना पड़ा करो! अपने चांद से चेहरे को

क्रीम पाउडर से यूं ना ढंका करो।

रेस्टोरेंट, होटल के खाने में क्या रखा है! तुम्हारे हाथों से बना घर का खाना इनसे लाखों गुना अच्छा है।

इन सैर-सपाटों में वो बात कहां! तुम्हारे मायके जैसा ऐशो-आराम कहां।

नौकरों से खिटपिट में, मत सेहत तुम अपनी ख़राब करो! झाड़ू-पोंछा लगा कर हल्का सा आराम करो।

सोने-चांदी में मिलती अब सौ-सौ खोट है! तुम्हारी सुंदरता ही 24 कैरेट प्योर गोल्ड है।

माया-माया मत किया पर पगली, यह तो महा ठगिनी है! मेरे इस घर-आंगन की तो, तू ही असली धन लक्ष्मी है।"

❋

419. एक और ईंट गिर गई दीवार-ए-ज़ास्त से :

नादान कह रहे हैं, नया साल हो मुबारक।

❋

420. पति-पत्नी में किसी बात पर बहस हो रही थी। तक़रीबन घंटे भर की तू-तू मैं-मैं के बाद पत्नी की एक पंक्ति ने सारा विवाद ख़त्म कर दिया :

"तुम जीतना चाहते हो या सुखी रहना चाहते हो?"

❋

421. प्रतियोगिता में शर्त लगी थी कि 'ख़ुशी' को तीन शब्दों में लिखो।

सब पुस्तकें पलटने में लगे रहे।

मैंने लिखा : "पत्नी पीहर गई।"

भाई साहब! आयोजक मुझे स्टेज तक कंधों पर उठा कर ले गए। 'पुरुष शिरोमणि' की उपाधि दी और 51 हजार रुपये का डिमांड-ड्राफ़्ट दिया। पूरी आवभगत और बैंड-बाजे के साथ घर तक छोड़कर गए।

❋

422. हिंदी का पीरियड शुरू था। मास्टर ने पूछा : "कविता और निबंध में क्या अंतर है?"

स्टूडेंट : "प्रेमिका के मुंह से निकला एक शब्द भी कविता होती है और पत्नी का एक ही शब्द निबंध के समान होता है।"

❋

423. पत्नी सो रही थी, उसके पैरों के पास एक नागिन कुंडली लगाकर बैठी थी।

पति धीरे से बोला : "डस ले...डस ले..."

नागिन बोली : "कमीने! चरण स्पर्श करने आई हूं। गुरु है हमारी।"

❋

424. दो दोस्त शादी के काफ़ी सालों बाद मिले।

पहले दोस्त : "और भाई कैसी है तेरी बीवी?"

दूसरा दोस्त : "स्वर्ग की अप्सरा है, और तेरी?"

पहला दोस्त मायूस होते हुए : "मेरी तो अभी भी ज़िंदा है।"

❋

425. एक स्कूटर के आगे "प्रेस" लिखा हुआ था। किसी ने पूछा, "किस अख़बार में काम करते हो?"

बोला : "साहब धोबी हूं। सोसाइटी में कपड़े प्रेस करता हूं।"

❋

426. पत्नी : "मुझे 5000 रुपये की ज़रूरत है।"

पति (गुस्से से) : "तुम्हें रुपये से ज़्यादा अक़्ल की ज़रूरत है।"

पत्नी : "आपसे वही चीज़ मांगी है, जो आपके पास है।"

❋

427. सावन में लड़कियां मंदिर जाती हैं, अच्छा वर मांगने के लिए, पर शादीशुदा औरतें क्या करने जाती हैं?

शिकायत करने कि हे भगवान! क्या मांगा था और क्या दे दिया।

❋

428. भाभी जी : "हमका एक नई साड़ी चाहिए, अम्मा जान से मंगवा दो ना..."

शर्मा जी : "गंवार पागल, वो अम्मा जान नहीं अमेज़ॉन होता है!"

भाभी जी : "सही पकड़े हैं।"

❋

429. पत्नी : "सुनो जी, मेरे मुंह में मच्छर चला गया, अब क्या करूं?"

पति : "पगली! ऑल आउट पी ले, 6 सेकेंड में काम शुरू।"

❋

430. कल एक दोस्त उपदेश ठोक रहा था...

"लोहा लोहे को काटता है।"

"हीरा हीरे को काटता है।"

तभी पीछे से आकर उसे कुत्ते ने काट लिया...उपदेश ख़त्म।

❋

431. संता समुद्र में दही डाल रहा था।

बंता : "क्या कर रहे हो?"

संता : "लस्सी बना रहा हूं।"

बंता : "तेरी इन्हीं हरकतों की वजह से लोग हम पर हंसते हैं...इतनी लस्सी क्या तेरा बाप पिएगा?"

❋

432. दूध वाले हड़ताल करते हैं तो दूध सड़क पर फेंक देते हैं।

टमाटर वाले हड़ताल करते हैं तो टमाटर सड़क पर फेंक देते हैं।

न जाने बैंक वालों को कब अक़्ल आएगी?

❋

433. जिस दिन सोचता हूं कि ज़िंदगी में बहुत बड़े-बड़े काम करने हैं साला! उसी दिन घरवाले गेहूं पिसवाने भेज देते हैं।

❋

434. ज़िंदगी के ग़म में कुछ इस तरह लीन हो गए।

पता ही नहीं चला, गोलगप्पे कब दस के तीन हो गए।

❋

435. निगाहें आज भी ढूंढ़ रही हैं उस महान कमीने को जिसने बरसों पहले कहा था... "इंटरनेट का आविष्कार लोगों का समय बचाएगा!"

✻

436. आख़िर मौलवी साहब से पूछा गया, "तीन बार तलाक़ बोलने के पीछे लॉजिक क्या है?"

मौलवी साहब ने कहा, "अमां लॉजिक-वॉजिक कुछ नहीं है। औरत एक बार में सुनती कहां है।"

✻

437. नेता : "हां! अब सही समय आ गया है।"

जनता : "क्या आप देश को लूट खाओगे?"

नेता : "बिलकुल नहीं।"

जनता : "हमारे लिए काम करोगे?"

नेता : "हां! बहुत।"

जनता : "महंगाई बढ़ाओगे?"

नेता : "इसके बारे में तो सोचो भी मत।"

जनता : "आप हमें जॉब दिलाने में मदद करोगे?"

नेता : "हां! बिलकुल करेंगे।"

जनता : "क्या आप देश में घोटाला करोगे?"

नेता : "पागल हो गए हो क्या? बिलकुल नहीं।"

जनता : "क्या हम आप पर भरोसा कर सकते हैं?"

नेता : "हां।"

चुनाव जीतकर नेताजी वापस आए।

अब आप नीचे से ऊपर पढ़ो।

✻

438. आज सुबह मेरे पड़ोस में रहने वाले बंगाली बाबू मेरे घर आए और बोले - "आज हमारे घर भोजन होंगे। आप भी आइएगा।"

मैंने घरवाली से कह दिया कि मेरा खाना मत बनाना। मैं 11 बजे पहुंच गया। बंगाली बाबू के घर पर वहां 4-5 बंगाली ढोलक बाजा लिए मौजूद थे। दोपहर 2 बजे तक न जाने क्या-क्या गाते-बजाते रहे।

फिर बंगाली बाबू खड़े होकर बोले, "भोजन समाप्त हुए। आपका बहुत-बहुत धन्यवाद।"

मैंने कहा, "अबे हरामख़ोर! भजन बोलना तो सीख ले!!"

❋

439. रोक दो मेरे जनाज़े को अब मुझ में जान आ रही है।

आगे से थोड़ा राइट ले लो दारू की दुकान आ रही है।।

❋

440. बोतल छुपा दो कफ़न में मेरे, श्मशान में पिया करूंगा।

जब ख़ुदा मांगेगा हिसाब, तो पैग बनाकर दिया करूंगा।।

❋

441. प्यार में दुनिया ख़ूबसूरत लगती है, दर्द में दुनिया दुश्मन लगती है। तुम जैसे दोस्त ज़िंदगी में हों तो, बिसलरी भी साली किंगफ़िशर लगती है!!

❋

442. शिष्य : "गुरु जी! ऐसी बीवी को क्या कहते हैं जो गोरी हो, लंबी हो, सुंदर हो, होशियार हो, पति को समझती हो, कभी झगड़ा नहीं करती हो...?"

गुरु जी : "उसे मन का वहम कहते हैं बेटा...मन का वहम।"

❋

443. लड़के वाले : "हमें लड़की पसंद है।"

लड़की वाले : "तो फिर शादी कब करनी है?"

लड़के वाले : "पर हमारा लड़का अभी पढ़ाई कर रहा है।"

लड़की वाले : "तो हमारी लड़की क्या किताबें फाड़ देगी?"

❋

444. बेटा : "पापा! ये साढू-साढू का कौन सा रिश्ता होता है?"

पापा : "जब दो अनजान आदमी एक ही कंपनी द्वारा ठगे जाते हैं, वो आपस में साढू-साढू कहलाते हैं।"

❋

445. एक भिखारी को 100 रुपये का नोट मिला, वह फ़ाइव स्टार होटल में गया और भरपेट खाना खाया। 3000 रुपये का बिल आया। वह मैनेजर से बोला, "पैसे नहीं हैं।" मैनेजर ने उसको पुलिस के हवाले कर दिया। भिखारी ने पुलिस को 100 रुपये दिए और छूट गया। इसको कहते हैं...

"भारत में बिना एमबीए किए, वित्त प्रबंधन!"

❋

446. मुंबई के एक बड़े हॉस्पिटल के आईसीयू में हर रविवार एक ही बिस्तर पर ठीक 11 बजे किसी एक मरीज़ की मौत हो रही थी। उस बेड पर जिस मरीज़ को भी लिटाया जाता वह रविवार को रात में ठीक 11 बजे मर जाता था। हर रविवार उसी बेड पर ठीक उसी समय हो रही मौत डॉक्टरों की समझ से परे थी। अंत में डॉक्टर ये मानने को मजबूर हो गए कि ज़रूर यह किसी अलौकिक शक्ति या भूत-प्रेत या चुड़ैल की वजह से हो रहा है। मौत के कारण का पता लगाने के लिए डॉक्टरों की एक विश्वस्तरीय टीम गठित की गई। टीम को अगले रविवार का बेसब्री से इंतज़ार था।

अगले रविवार रात 11 बजे से कुछ मिनट पहले ही सारे डॉक्टर और नर्स बेड के चारों ओर खड़े हो गए। सब के सब मौत का कारण जानने के लिए

अत्यंत उत्सुक थे। भूत-प्रेत का भय उनके चेहरे पर स्पष्ट नज़र आ रहा था। किसी अनहोनी की आशंका से उन सबकी बोलती बंद हो गई थी। रात के 11 बजने ही वाले थे... तभी आईसीयू के दरवाज़े के हैंडिल खटकने की आवाज़ हुई। सबकी जान सांसों में अटक गई। चरमराहट की आवाज़ के साथ दरवाज़ा खुला। सभी लोगों के बदन पसीने से नहा चुके थे।

दरवाज़े से एक सफ़ेद साड़ी में लिपटी औरत ने प्रवेश किया सभी देखने वालों के गले के नीचे थूक तक नहीं उतर रहा था।

और वह पार्ट टाईम स्वीपर आईसीयू में दाख़िल होती है, और उस बेड के लाइफ़ सपोर्ट सिस्टम का प्लग हटाकर अपना मोबाइल चार्ज करने के लिए लगा देती है।

❋

447. एक नौजवान दिल्ली स्टेशन पर एक सिंधी को मिला।

कहने लगा : "मेरी जेब से पर्स कहीं गिर गया है, बस मुझे दिल्ली से पटना पहुंचने तक के पैसे दे दीजिए। टिकट 105 रुपये का है। आगे पटना रेलवे स्टेशन से मैं पैदल ही अपने घर चला जाऊंगा। बस 105 रुपये चाहिए। वैसे मैं बहुत संपन्न परिवार से हूं। मुझे मांगते हुए झिझक महसूस हो रही है।"

सिंधी ने कहा : "इसमें शरमाने वाली कोई बात नहीं, कभी मेरे साथ भी ऐसा हो सकता है। ये लो मेरा फ़ोन, अपने घर वालों से बात करो, कहो कि मेरे इस नंबर पर 200 रुपये का रिचार्ज करवा दें और तुम मुझसे 200 रुपये नक़द ले लो। तुम्हारी परेशानी ख़त्म।"

वो व्यक्ति बिना कुछ बोले आगे बढ़ गया।

दाल पकवान और सिंधी के दिमाग़ का, पूरे संसार में कोई तोड़ नहीं।

❋

448. वाह रे टमाटर : दोहा

मारा-मारा जो फिरा, गलियों में बेहाल।

वही टमाटर हो गया, देखो मालामाल।।

सड़कों पर फेंका गया, जैसे कोई अनाथ।

नहीं टमाटर आ रहा, आज किसी के हाथ।।
भाव टमाटर का हुआ, अब अस्सी के पार।
अच्छे-अच्छे देखकर, टपका रहे हैं लार।।
बिना टमाटर के नहीं, अच्छी लगे सलाद।
भोजन है बेकार सब, बिना टमाटर स्वाद।।
बिना टमाटर के लगे, घर का फ्रिज बेकार।
जैसे साली के बिना, लगती है ससुराल।।
एक टमाटर सूंघकर, दिल भर लेते आज।
बिना टमाटर रो रही, फुसक फुसक कर प्याज़।।
जब सड़ते थे टमाटर, तब ना समझा मोल।
आज टमाटर हो गया, सब किचन से गोल।।
आनंदित हों आप सब, देख टमाटर लाल।
बिना टमाटर खाइए, अब अरहर की दाल।।

❋

449. पप्पू : "डॉक्टर साहब, मुझे कुछ समस्या है।"
डॉक्टर : "क्या?"
पप्पू : "जब मैं किसी से बात करता हूं, तो वो दिखाई नहीं देता।"
डॉक्टर : "ऐसा कब से है?"
पप्पू : "फ़ोन से बात करते वक़्त।"
डॉक्टर : "भाग जा साले...नहीं तो तू भी दिखाई नहीं देगा धरती पर।"

❋

450. एक बुज़ुर्ग अपनी पुरानी मारुति कार से जा रहा था कि एक बीएमडब्लू कार को ज़रा सी खरोंच लग गई। बीएमडब्लू में से चार लंबे-चौड़े सरदार निकले और वृद्ध व्यक्ति की पिटाई की नौबत आ गई। तभी बुज़ुर्ग ने कहा, "आप चार हैं और मैं अकेला, ये तो नाइंसाफ़ी है।" उन चारों सरदारों में जो सबसे बड़ा

था, वो बोला : “सुरजीत और अमरजीत तुम अंकल की तरफ़ हो जाओ।”

बुज़ुर्ग बोला : “पर हम तो तीन हैं और आप दो...”

तो उनमें से सुरजीत बोला : “कोई बात नहीं अंकल जी! आप घर जाओ। इन दोनों से हम निपट लेंगे।”

❋

451. कुछ दोस्त सीधे-साधे भी अच्छे नहीं लगते...

और कुछ कमीने जान से भी प्यारे होते हैं...

❋

452. अरे मोदी जी! ये क्या कर दिया? वैसे ही परेशान थे। अब बीवी लड़ाई कर रही है कि मोदी जी ने कहा है, “हर शादीशुदा औरत के पास 500 ग्राम सोना होना चाहिए। मुझे भी दिलाओ।”

❋

453. लोग कुछ दिन सिगरेट शराब पीते हैं और आदत लग जाती है।

हमें देखो! हम बचपन से पढ़ाई कर रहे हैं, लेकिन आज तक आदत नहीं लगी...ख़ुद पर कंट्रोल होना चाहिए।

❋

454. क्या फ़ायदा इतनी पढ़ाई करने का? जब आख़िर में ये ही पता ना चले कि जलेबी और पकौड़े को अंग्रेज़ी में क्या कहते हैं?

आपको पता हो तो बताओ।

❋

455. पत्नी (पति के बर्थ डे पर) : "क्या गिफ़्ट दूं?"

पति : "गिफ़्ट रहने दे। बस इज़्ज़त किया कर, और तमीज़ से बात कर लिया कर..."

पत्नी (पांच मिनट सोचकर) : "नहीं! मैं तो गिफ़्ट ही दूंगी।"

❋

456. एक छोरा अपने बापू के पीछे खाट पर बीड़ी पी रहा था। उसकी मां उसे देख कर बोली : "देख कमीने! अपने बापू के पीछे बैठ के बीड़ी पीवे सै। तनै डर ना लगता।"

छोरा : "डरना के है! यो बापू है कोई पैट्रोल पम्प थोड़ी सै जो आग पकड़ लेगा।"

❋

457. संता चुपके से नरक से स्वर्ग में घुस गया, देवताओं ने पकड़ लिया और ख़ूब पीटा। मार खाने के बाद बड़ी मुश्किल से उठा और बोला, "तुम्हारी इन्हीं हरकतों की वजह से कोई स्वर्ग नहीं आता।"

❋

458. एक दिन संता को फांसी लगने वाली थी। जेलर ने पूछा, "कोई आख़िरी ख़्वाहिश?"

संता : "मुझे फांसी देते वक़्त मेरे पैर ऊपर और सिर नीचे रखना।"

❋

459. एक बार पप्पू ने दुकान के मालिक से बोला : "ज़रा माचिस देना।"

दुकानदार ने लाइटर उठाकर दे दिया।

पप्पू ने गुस्से में दुकानदार को एक ज़ोर का थप्पड़ लगाया और बोला, "पागल! लाइटर से कोई कान खुजाता है क्या???"

❋

460. लड़की ऐसी ढूंढ़ो...

जो दिल की बात को ऐसे समझ ले जैसे...

डॉक्टर की लिखाई को मेडिकल स्टोर वाला समझता है।

❋

461. शराब की बोतल में कितने भी बड़े अक्षर में 'ख़तरा' लिख लो, लोग पिएंगे ही!

क्योंकि भारत में सब ख़तरों के खिलाड़ी ही हैं।

❋

462. टीचर : "एक औरत एक घंटे में 50 रोटियां बनाती है तो 3 औरतें 1 घंटे में कितनी रोटी बनाएंगी?"

बच्चा : "एक भी नहीं, क्योंकि अकेली है इसलिए काम कर रही है। तीनों मिलकर सिर्फ़ पंचायत ही ठोकेंगी।"

❋

463. चाहे कितनी भी अंग्रेज़ी सीख लो परंतु अगर कुत्ता पीछे पड़ जाए तो "हट, हट" ही कहना पड़ेगा।

❋

464. प्राइमरी स्कूल में मास्टर जी गहरी नींद में सो रहे थे। तभी कलेक्टर साहब आ गए। मास्टर जी पकड़े गए। बहुत देर उठाने के बाद मास्टर की नींद खुली। नींद खुलते ही मास्टर कलेक्टर को देखते ही बोले : "तो बच्चों, समझ गए ना, कुंभकरण ऐसे सोता था।"

❋

465. अगर आप फ़ाइट करके मार खाकर घर आते हैं तो घर के लोगों का रिएक्शन -

पापा : "चल छोड़ अब उस लड़के के पास मत जाना।"

मां : "अरे! मेरे बेटे का क्या हाल कर दिया?"

बहन : "भइया! बहुत दर्द हो रहा है क्या?"

प्रेमिका : "कुत्तों की तरह पिटकर मेरे सामने क्यों खड़े हो?"

लेकिन दोस्त...

"गाड़ी निकाल। साले को घर से निकालकर मारेंगे।"

ऐसे दोस्तों के लिए जान भी हाज़िर है।

✵

466. पिताजी : "कहां हो बेटे?"

मोहित : "हॉस्टल में पढ़ रहा हूं। एग्ज़ाम बहुत नज़दीक है इसलिए बहुत पढ़ना पड़ता है। आप कहां हो?"

पिताजी : "ठेके पर, तेरे पीछे लाइन में लास्ट में खड़ा हूं। एक हाफ़ मेरा भी ले ले।"

✵

467. टीचर : "बेटा तुम्हारी उम्र क्या है?"

बच्चा : "जी घर में 14, स्कूल में 12, ट्रेन में 7, और फ़ेसबुक पर 18 साल।"

✵

468. लड़की ने गिफ़्ट की दुकान में काफ़ी देर गिफ़्ट देखने के बाद एक गिफ़्ट की तरफ़ इशारा करते हुए पूछा : "ये हंसती हुई चुड़ैल कितने की है?"
दुकानदार : "मैडम जी! ये आईना है..."

✵

469. डॉक्टर : "ताई तुझे ऐसी दवाई दूंगा कि तू फिर से जवान हो जाएगी।"

ताई : "ना बेटा! ऐसा ज़ुल्म न करिओ। मेरी पेन्शन बंद हो जाएगी।"

❋

470. पत्नी : "अजी सुनते हो, मिर्ची किस मौसम में लगती है?"

पति : "इसका कोई ख़ास मौसम नहीं है। जब सच बोलो तब लग जाती है।"

❋

471. एक पागल (दूसरे पागल से) : "तुम किस दिन पैदा हुए थे?"

दूसरा : "इतवार के दिन।"

पहला वाला : "तुम मुझे पागल बना रहे हो इतवार को तो छुट्टी रहती है।"

❋

472. सुबह पत्नी चाय-नाश्ता पूछने आई। मैंने कहा, "बना दो!!"

फिर रुककर पूछने लगी : "जी! ये मोदी एक दिन में 3 देश कैसे घूम सकते हैं??"

मैंने कहा : "अगर साथ में बीवी न हो तो आदमी एक दिन में मॉस्को, काबुल और लाहौर घूमते हुए दिल्ली आ सकता है। वरना बिग बाज़ार में ही शाम हो जाती है..!!"

बस फिर ना चाय आई ना नाश्ता।

❋

473. आदमी शादी के पहले शेर होता है और शादी के बाद...??

"शेर तो शेर ही रहेगा शादी के बाद भी शेर ही रहता है।"

"तो फ़र्क़ क्या है?"

"फ़र्क़? फ़र्क़ सिर्फ़ इतना है कि शादी के बाद शेर पर दुर्गा बैठ जाती है।"

474. हेक वारी फुफड़ पंखे ते रस्सी बनेदा पया हुई।

बुआ देख के अखेंदी है, “ऐ क्या पये करते हो?”

फुफड़ (गुस्से वेच बोलदे), “मरण दी त्यारी करेंदा प्या...तेरी रोज़-रोज़ दी सूट लवण दी फ़रमाइश तो तंग आ गया। होण मैं फांसी खासां।”

ऐ सुण के बुआ पिअण लगी, “वेंदे वेंदे हैक चिट्टा सूट तां सिवा दिती वनो मैं तहरवी ते क्या पैसा।”

❋

475. मेशी : “पंडित जी! मेरा हाथ देख के दसो कि मेरी शादीशुदा ज़िंदगी किवे दी होसी।”

ज्योतिषी : “बेटा शुरू दे त्रय साल तेरे ते बहुं भारी। हेन शुरू दे त्रय साल तेरी कुआर तेरे तुं घर दी सफ़ाई करवासी, भांडे मंजवासी, कपड़े धुवासी।”

मेशी : “पंडित जी शुरू दे त्रय सालां बाद???”

ज्योतिषी : “तेनूं ए सब करण दी आदत पै जासी।”

❋

476. दो सरदार बैंक लूटने गए, पर गन भूल गए...

फिर भी बैंक लूट लिया। कैसे???

बैंक मैनेजर भी सरदार था।

बोला : “मुझे तुम पर विश्वास है, गन कल दिखा देना...!!”

❋

477. चेला : “बाबा, दायीं हथेली में खुजली हो रही है...”

बाबा : “वत्स, लक्ष्मी का आगमन होगा...”

चेला : “बाबा, दायें पैर में भी खुजली हो रही है...”

बाबा : “वत्स, यात्रा योग बन रहा है...”

चेला : "बाबा, पेट पर खुजली है..."

बाबा : "बेटा उत्तम भोजन की प्राप्ति होगी..."

चेला : "बाबा, गर्दन पर भी है..."

बाबा : "बाजू हट साले, खुजली की बीमारी है तुझे..."

❋

478. चूहों का गैंग तलवार लेकर भाग रहा था...

शेर ने पूछा : "क्या हुआ? तुम लोग इतने गुस्से में कैसे भाग रहे हो?"

चूहा : "हाथी की बेटी को किसी ने प्रपोज़ किया है नाम हमारा आ रहा है। लाशें बिछा देंगें, लाशें..."

❋

479. भयानक मज़ाक़ -

एक बार एक पति और पत्नी बग़ीचे में हाथ में हाथ डाले घूम रहे थे।

उसी टाइम पर शरारती बच्चा वहां से गुज़रा और बोला -

"अंकल, कल वाली ज़्यादा मस्त थी।"

पति चार दिन से ख़ाली पेट बग़ीचे में उस बच्चे को ढूंढ़ रहा है।

❋

480. फ़्लाइट में पायलट ने अनाउंस किया : "हम आधे घंटे में लैंड करने वाले हैं।"

फिर वो माइक बंद करना भूल गया और को-पायलट से बोला : "अब तो बस एक गरम चाय पिऊंगा, फिर एयर होस्टेस की पप्पी लूंगा।"

एयर होस्टेस ये सुनकर माइक बंद करने के लिए भागी, और एक बच्चे के पैरों में फंसकर गिर गई।

बच्चा बोला : "तुझे बड़ी जल्दी है...सुना नहीं...?? पहले वो चाय पिएगा।"

❋

481. पांच साल के लड़के ने एक राजा की कहानी पढ़ी जिसकी पांच रानियां थीं। उसने अपनी मां से कहा, "मुझे भी पांच शादियां करनी हैं। एक खाना बनाएगी। एक मुझे गाना सुनाएगी। एक घर का ध्यान रखेगी। एक मुझे नहलाएगी और एक मुझे सुलाएगी।"

मां ने कहा, "फिर तो तू मेरे पास नहीं सोएगा।"

बेटा मासूमियत से बोला, "नहीं मां! मैं उनके पास नहीं मैं तो आपके पास ही सोऊंगा।"

मां की आंखों में आंसू आ गए...

"जुग-जुग जिए मेरा लाल...लेकिन बेटा वो पांचों किसके साथ सोएंगी?"

"वो पापा के पास सो जाएंगी।"

इस बार पापा की आंखों में आंसू थे। "जुग-जुग जिए मेरा लाल।"

❋

482. ब्रिज बनाने का टेंडर निकला।

एक मद्रासी ने 3 करोड़ रुपये का कोटेशन दिया...!

अधिकारियों ने पूछा : "कैसे?"

मद्रासी ने कहा : "2 करोड़ का मटेरियल, 50 लाख की लेबर और 50 लाख मेरा मुनाफ़ा...!"

हरियाणा वाले ने 9 करोड़ का कोटेशन दिया!

अधिकारियों ने पूछा : "इतना महंगा कैसे?"

हरियाणा वाला बोला : "3 करोड़ आपके और 3 करोड़ मेरे!"

अधिकारियों ने पूछा : "और ब्रिज का क्या?"

हरियाणा वाला बोला : "बाक़ी बचे 3 करोड़ मद्रासी को दूंगा। ब्रिज मद्रासी बनाएगा।"

हरियाणा वाले को टेंडर मिल गया।

उम्मीदों का प्रदेश हरियाणा, बन रहा है आज संवर रहा है कल।

❋

483. एक चीता सिगरेट का कश लगाने ही वाला था कि अचानक चूहा वहां आया और बोला, “भाई छोड़ दो नशा! ज़िंदगी बहुत क़ीमती है। आओ मेरे साथ, देखो जंगल कितना ख़ूबसूरत है।” चीता चूहे के साथ चल दिया।

आगे हाथी कोकीन ले रहा था, चूहा फिर बोला, “भाई छोड़ दो नशा! ज़िंदगी बहुत क़ीमती है। आओ मेरे साथ, देखो जंगल कितना ख़ूबसूरत है।” हाथी भी साथ में चल दिया।

आगे बंदर हुक्का पी रहा था, चूहा फिर बोला, “भाई छोड़ दो नशा! ज़िंदगी बहुत क़ीमती है। आओ मेरे साथ, देखो जंगल कितना ख़ूबसूरत है।” बंदर भी साथ चल दिया।

आगे शेर विस्की पीने की तैयारी कर रहा था, चूहे ने उसे भी वही कहा। शेर ने ग्लास साइड में रखा और चूहे को 5-6 थप्पड़ मारे।

हाथी बोला : “अरे! क्यों मार रहे हो इस बेचारे को?”

शेर बोला : “ये साला रोज़ भांग पीकर ऐसे ही सबको पूरी रात जंगल में घुमाता है।”

❋

484. गांधी जी अपने पिता की चौथी पत्नी के बेटे थे...

बाबा साहब अंबेडकर अपने पिता की 14 वीं संतान थे...

रवींद्रनाथ टेगौर भी चौदहवीं संतान थे...

सुभाषचंद्र बोस 14 संतानों में से 9 नंबर पर थे....

विवेकानंद 10 संतानों में से छठे नंबर पर थे......

कमबख़्त “हम दो हमारे दो” के चक्कर में महापुरुष पैदा ही होना बंद हो गए...

❋

485. एक लड़की ने फ़ेसबुक पर मैसेज किया कि अगर मां-बाप को संभालने का हक़ लड़कियों को होता तो भारत में एक भी वृद्धाश्रम नहीं होता...

उसके रिप्लाई में एक लड़के ने जवाब दिया : “अगर हर लड़की अपने

सास-ससुर को अपने मम्मी-पापा का दर्जा दे और घर के सुख-दुख में शामिल रहे तो भारत में तो क्या पूरी दुनिया में भी वृद्धाश्रम नहीं रहेगा।"

❋

486. एक कड़वा सच :

जब कन्या अपने, पिता के घर होती है, 'रानी' बनकर रहती है।

पहली बार ससुराल जाती है, 'लक्ष्मी' बनकर जाती है।

फिर ससुराल में काम करते-करते 'बाई' बन जाती है।

इस तरह लड़कियां 'रानी लक्ष्मी बाई' बन जाती हैं।

और फिर वो पति को अंग्रेज़ समझकर बिना तलवार के ही इतना परेशान कर देती हैं कि बेचारा वो पति, अंग्रेज़ न होकर भी, अंग्रेज़ी लेना शुरू कर देता है।

❋

487. एक कंजूस आदमी के घर मेहमान आया।

कंजूस : "भाई साहब! ठंडा लेंगे या गरम?"

मेहमान : "ठंडा।"

कंजूस : "जूस या कोल्ड ड्रिंक?"

मेहमान : "कोल्ड ड्रिंक ले लूंगा।"

कंजूस : "स्टील के गिलास में लेंगे या कांच के गिलास में...?"

मेहमान : "कांच के गिलास में ले आओ।"

कंजूस : "प्लेन या डिज़ाइन वाला?"

मेहमान (परेशान होते हुए) : "अरे यार, डिज़ाइन वाले में ही ले आओ।"

कंजूस : "ओके, कौनसी डिज़ाइन पसंद है? लाइनों वाली या फूलों वाली?"

मेहमान : "फूलों वाली।"

कंजूस : "कौन से फूल? गुलाब के या चमेली के?"

मेहमान : "गुलाब के।"

कंजूस (अपनी बीवी से) : "लाजो! ज़रा देख तो गुलाब के फूलों के डिज़ाइन वाले गिलास अपने घर में हैं या नहीं?"

बीवी : "नहीं है जी..."

कंजूस : "ओ तेरी! नहीं हैं? चल फिर कोल्ड ड्रिंक रहने दे...भाई साहब को मज़ा नहीं आएगा...!!!"

❋

488. अक़्ल बांटने लगे विधाता, लंबी लगी क़तार।
सभी आदमी खड़े हुए थे, कहीं नहीं थी नारी।
सभी नारियां कहां रह गईं, था ये अचरज भारी।
मेकअप की थी गहन प्रक्रिया, एक एक पर भारी।
बैठी थीं कुछ इंतज़ार में, कब आएगी बारी।
उधर विधाता ने पुरुषों में, अक़्ल बांट दी सारी।
ब्यूटी पार्लर से फ़ुर्सत पाकर, जब पहुंचीं सब नारी।
बोर्ड लगा था स्टॉक ख़त्म है, नहीं अक़्ल अब बाक़ी।
रोने लगी सभी महिलाएं, नींद खुली ब्रह्मा की।
पूछा कैसा शोर हो रहा है, ब्रह्मलोक के द्वारे?
पता चला कि स्टॉक अक़्ल का पुरुष ले गए सारे।
ब्रह्मा जी ने कहा - "देवियों, बहुत देर कर दी है।
जितनी भी थी अक़्ल वो मैंने, पुरुषों में भर दी है।"
लगी चीख़ने महिलाएं, ये कैसा न्याय तुम्हारा?
कुछ भी करो हमें तो चाहिए, आधा भाग हमारा।
पुरुषों में शारीरिक बल है, हम ठहरी अबलाएं।
अक़्ल हमारे लिए ज़रूरी, निज रक्षा कर पाएं।
सोचकर दाढ़ी सहलाकर, तब बोले ब्रह्मा जी।
एक वरदान तुम्हें देता हूं, अब हो जाओ राज़ी।
थोड़ी सी भी हंसी तुम्हारी, रहे पुरुषों पर भारी।

कितना भी वह अक़्लमंद हो, अक़्ल जाएगी मारी।
एक औरत ने तर्क दिया, मुश्किल बहुत होती है।
हंसने से ज़्यादा महिलाएं, जीवन भर रोती हैं।
ब्रह्मा बोले यही कार्य तब, रोना भी कर देगा।
औरत का रोना भी नर की, अक़्ल हर लेगा।
एक अधेड़ बोली बाबा, हंसना रोना नहीं आता।
झगड़े में हैं सिद्धहस्त हम, ख़ूब झगड़ना भाता।
ब्रह्मा बोले चलो मान ली, यह भी बात तुम्हारी।
झगड़े के आगे भी नर की, अक़्ल जाएगी मारी।
तीन शस्त्र अब तुम्हें दिए, पूरा न्याय हमारा।
इन अचूक शस्त्रों में भी, जो मानव नहीं फंसेगा।
निश्चित समझो, उसका घर नहीं बसेगा।
कहे कवि मित्र ध्यान से, सुन लो बात हमारी।
बिना अक़्ल के भी होती है, नर पर नारी भारी।

❋

489. टीचर : "कल होमवर्क नहीं किया तो मुर्गा बनाऊंगा।"
छात्र : "सर! मुर्गा तो मैं नहीं खाता, मटर पनीर बना लेना।"
दे थप्पड़, दे थप्पड़!

❋

490. दो लड़के दो लड़कियों का पीछा कर रहे थे।
दोनों लड़कियां एक शॉप पर जाती हैं और दो राखियां लेकर दोनों लड़कों को बांध देती हैं।
दोनों लड़के एक दूसरे की तरफ़ देखकर कहते हैं, "कोई बात नहीं। तू मेरी वाली से शादी कर ले, मैं तेरी वाली से कर लेता हूं।"

491. ग्राहक : "बेटा तेरा पापा की तो रसगुल्ले की दुकान है। तेरा खाने का मन नहीं करता?"

बच्चा : "बहुत मन करता है अंकल...लेकिन पापा गिनकर रखते हैं इसलिए बस चूसकर वापस रख देता हूं।"

❋

492. एक औरत के पति का नाम धनिया था। वह अपने पति का नाम नहीं लेती थी। उससे दूसरी औरत ने पूछा : "आज खाने में क्या बनाया?"

पहली : "दाल-भात, सब्ज़ी और रामू के पापा की चटनी।"

❋

493. प्लेटफ़ार्म पर एक औरत को इतनी ज़ोर से छींक आई कि उसकी सलवार का नाड़ा टूट गया...वो मुस्कराकर बोली, "आज तो याद करने वाले ने हद ही कर दी।"

❋

494. लड़की : "मैं शादी के बाद तुम्हारे सब दुख बांट लूंगी।"

लड़का : "लेकिन मैं दुखी कहां हूं।"

लड़की : "मैं शादी के बाद की बात कर रही हूं।"

❋

495. डॉक्टर : "रात में टेन्शन लेकर नहीं सोना चाहिए..."

मरीज़ : "तो क्या मायके भेज दूं?"

❋

496. दुनिया में 3 सबसे मासूम चेहरे...

1. सोता हुआ बच्चा।

2. उधार मांगने वाला आदमी।

3. हमारे माता-पिता के सामने बैठा हुआ हमारा दोस्त।

❋

497. संता दारू पीकर वाइफ़ से झगड़ा कर बैठा। कई दिनों तक बात नहीं हुई। आख़िरकार अपने साले को सुलह के लिए बुलाया।

संता : "चलो मैंनु दसवें गुरु दी सौं मैं शराब नूं हथ वी नई लवांगा।"

साला : "दसवें गुरु दी ही सौं क्यों?"

संता : "नौ गुरुआं नाल मैं पहले ही बड़ा शरमिंदा हां।"

❋

498. पत्नी : "आपके लिए शर्ट लाई हूं।"

पति : "अरे वाह! बहुत बढ़िया है, कितने की है?"

पत्नी : "7500 रुपये की साड़ी के साथ फ़्री में मिली है जी।"

❋

499. सिगरेट पीने से कैन्सर तब तक नहीं होता जब तक कि घरवाले पीते हुए ना देख लें।

❋

500. मायके से हमाई मैडम फ़ोन पै बोलीं : "काय...तुम हमें याद काय नहीं करत हो?"

हमने कई : "पगलू, याद करबौ इतेक आसान होतो तो दसवीं में टॉप ना कर जाते।"

501. करिया पति पाउडर लगाके अपनी पत्नी से पूछन लगो..."काये हम कैसे लग रए?"

पत्नी बोली : "ऐसे लग रए जैसे दही में काला भूंड़।"

❋

502. बुंदेलखंडी स्टाइल का प्रेमालाप।

लड़का : "आई लव यू।"

लड़की : "ऐसे चांटा मारूंगी कि सीधे ग्वालियर जाके गिर हो।"

लड़का : "तनिक धीरे मारियौ। मोय झांसी में कछु काम है।"

❋

503. ताऊ (अपने बेटे से) : "रै बेवकूफ़, सामने की बिटिया नै देख, फ़स्ट आई है स्कूल में।"

बेटा : "और कितणा देख्यूं? उसनै देख-देख के तो फे़ल हो गया।"

❋

504. बैंक मैनेजर : "किस टाइप का लोन चाहिए?"

संता : "जी, वो विजय माल्या टाइप का।"

❋

505. आज मैंने मां से पूछा : "मां! मैं जीवन में आगे बढ़ने के लिए क्या करूं?"

मां ने बड़े प्यार से बोला : "पत्थर ले और सबसे पहले ये मोबाइल फ़ोन फोड़।"

❋

506. पत्नी : "मैं जो भी काम करती हूं उसमें पूरी तरह डूब जाती हूं।"

पति : "तुम किसी दिन कुआं क्यों नहीं खोदतीं?"

❋

507. बैठे-बैठे ख़ुराफ़ात आई दिमाग़ में...

क्या कोई बता सकता है कि अगर 'भाजपा' और 'आप' मिल जाएं तो उस पार्टी का चुनाव-चिह्न क्या होगा?

जवाब : "फूलझाड़ू।"

❋

508. ग्राहक : "भैया 4 समोसे देना।"

दुकानदार : "थैली में डालकर दूं क्या?"

ग्राहक : "नहीं साले! पेनड्राइव लाया हूं। समोसा नाम से फ़ोल्डर बनाकर उसमें डाल दे।"

❋

509. अध्यापक : "क्या पढ़ाऊं आज???"

छात्र : "सर! आज निकाह पढ़वा दीजिए, रोल नंबर 32 वाली के साथ।"

❋

510. किसी मंदिर में एक पंडित रहता था। पंडित के पास एक गधा था। सैकड़ों भक्त उस मंदिर पर आकर दान-दक्षिणा चढ़ाते थे। उन भक्तों में एक बंजारा भी था। वह बहुत ग़रीब था, फिर भी नियमानुसार आकर माथा टेकता था, पंडित की सेवा करता था, और फिर अपने काम पर जाता था। उसका कपड़ों का व्यवसाय था। कपड़ों की भारी पोटली कंधों पर लिए सुबह से लेकर शाम तक गलियों में फेरी लगाता, कपड़े बेचता।

एक दिन उस पंडित को उस पर दया आई, उसने अपना गधा उसे भेंट कर दिया। अब तो बंजारे की आधी समस्या हल हो गई। वह सारे कपड़े गधे पर लादता और जब थक जाता तो ख़ुद भी गधे पर बैठ जाता। इस बीच, गधा भी अपने नए मालिक से काफ़ी घुलमिल गया था। यूं ही कुछ महीने बीत गए, एक दिन गधे की मृत्यु हो गई।

बंजारा बहुत दुखी। उसने गधे को उचित स्थान पर दफ़नाया, और उसकी समाधि बनाई और फूट-फूटकर रोने लगा।

समीप से जा रहे किसी व्यक्ति ने जब यह दृश्य देखा तो उसने सोचा यह ज़रूर किसी संत की समाधि होगी। तभी यह बंजारा यहां बैठकर अपना दुखड़ा रो रहा है। यह सोचकर उस व्यक्ति ने समाधि पर माथा टेका और अपनी मनोकामना हेतु वहां प्रार्थना की और कुछ पैसे चढ़ाकर वहां से चला गया। कुछ दिनों के उपरांत ही उस व्यक्ति की मनोकामना पूर्ण हो गई। उसने ख़ुशी के मारे सारे गांव में डंका बजा दिया कि एक स्थान पर एक पूर्ण संत की समाधि है। वहां मनचाही मुरादें बख़्शी जाती हैं।

उस दिन से उस समाधि पर भक्तों का तांता लगना शुरू हो गया। दूर-दराज़ से भक्त अपनी मनोकामना पूर्ण कराने हेतु आने लगे।

बंजारे की तो चांदी हो गई। बैठे-बैठे उसे कमाई का साधन मिल गया।

धीरे-धीरे वह समाधि भी पूरी तरह से मंदिर का आकार ले चुकी थी। एक दिन वही पुराने पंडित, जिन्होंने बंजारे को अपना गधा भेंट स्वरूप दिया था, वहां से गुज़र रहे थे।

उन्हें देखते ही बंजारे ने उनके चरण पकड़ लिए और बोला, "आपके गधे ने तो मेरी ज़िंदगी बना दी, जब तक जीवित था तब तक मेरे रोज़गार में मेरी मदद करता था और मरने के बाद मेरी जीविका का साधन उसका मंदिर बन गया है।"

पंडित हंसते हुए बोले, "बच्चा जिस मंदिर में तू नित्य माथा टेकने आता था, वह मंदिर इस गधे की मां का था!"

✱

511. आज पप्पू ने साइंस को हिला डाला।

टीचर : "छिपकली कौन है?"

पप्पू : "छिपकली एक ग़रीब मगरमच्छ है, जिसे बचपन में बोर्नविटा नहीं मिला और वो कुपोषण का शिकार हो गई।"

❋

512. पति : "आज बाहर खाना खाएंगे।"

पत्नी (ख़ुशी से) : "ठीक है मैं 2 मिनट में रेडी होती हूं।"

पति : "ठीक है...मैं बाहर चटाई बिछाता हूं।"

❋

513. शाम का वक़्त हो और शराब ना हो...!

इंसा का वक़्त इतना भी ख़राब ना हो...!!

❋

514. संता : "पड़ोस में क्या चल रहा है??"

बंता : "बर्थ डे है।"

संता : "किसका?"

बंता : "टुयू का।"

संता : "टुयू कौन है??"

बंता : "पता नहीं...सुनाई तो ऐसा ही दे रहा है - हैप्पी बर्थ डे टुयू।"

❋

515. शेर और शेरनी पेड़ के नीचे बैठे थे, इतने में अचानक एक ख़रगोश उनके सामने से तेज़ी से भागता हुआ निकल गया।

शेरनी : "ये क्या था?"

शेर : "फ़ास्ट फूड!"

516. कभी-कभी तो लगता है कि ये दौलत, ये शोहरत, तमाम ऐशो-आराम त्याग कर संन्यास ले लूं।

फिर ख़याल आता है...पहले ये सब मिले तो सही।

❋

517. क्या आप जानते हैं? ओलिंपिक्स में पदक जीतने वाली सभी महिला खिलाड़ियों के कोच पुरुष हैं।

इससे ये साबित होता है कि, जो औरतें पुरुषों की बातें सुनती और मानती हैं, उन्हें जीवन में सफलता प्राप्त होती है और उनकी कीर्ति पूरे विश्व में फैलती है। ये बात अपनी पत्नी को नाश्ता करने के बाद ही बताएं और फिर तुरंत दफ़्तर निकल जाएं।

❋

518. बीवी : "मेहमान आ रहे हैं और घर में दाल के सिवाए कुछ बना भी नहीं है।"

पति : "जब वे आएं तो किचन में एक बर्तन गिरा देना, और जब मैं पूछूं तो कहना कि क़ोरमा गिर गया! फिर दूसरा बर्तन गिराना और कहना बिरयानी भी गिर गई!! फिर मैं कहूंगा कि चलो दाल ही ले आओ..."

मेहमानों के आने के बाद बर्तन गिरने की आवाज़ आई।

पति : "क्या हुआ??"

बीवी : "भंगड़ा पा ले कंजरा...दाल ही गिर गई!!"

❋

519. नए शोध से पता चला है :

"यदि पत्नी करवाचौथ के व्रत की बजाय मौन व्रत रखे तो पति 25 साल ज़्यादा ज़िंदा रह सकता है।"

❋

520. नेता जी : "आप लोग कौन हैं?"

किसान : "हम लोग किसान हैं।"

नेता : "आप लोगों के पैर में ये कीचड़ क्यों लगा है?"

किसान : "हम लोग खेत में काम करके आ रहे हैं।"

नेता : "अगली बार हमारी सरकार आएगी तो पूरे खेत में हम टाइल्स लगवा देंगे, जिससे आप लोगों को कीचड़ में काम नहीं करना पड़ेगा।"

अब नेता का नाम तो आप सब समझ ही गए होंगे!

❋

521. पानी बचाया जा सकता है, लेकिन बनाया नहीं जा सकता।

दादा जी ने नदी में पानी देखा। पिता जी ने कुएं में। हमने नल में। बच्चों ने बोतल में। अब उनके बच्चे कहां देखेंगे...? ज़रूर विचार करें एवं पानी को बर्बाद न करें।

❋

522. अब तो कमाने की इच्छा ही नहीं होती...

थोड़े पैसे इकट्ठे होते ही कान में कहीं से आवाज़ आ जाती है, "मेरे प्यारे देशवासियों!"

❋

523. राष्ट्रपति कोई भी बने, हमें कोई फ़ायदा या नुक़सान नहीं। मुझे मशहूर कवि सुरेंद्र शर्मा की चंद पंक्तियां याद आ रही हैं :

"राजा राम हो या रावण, जनता तो बेचारी सीता है।

रावण होंगे तो हर ली जाएगी, राम होंगे तो त्याग दी जाएगी।

राजा कौरव हों या पांडव, जनता तो बेचारी द्रौपदी है।

कौरव होंगे तो वस्त्र हर लिए जाएंगे, पांडव होंगे तो जुए में हार दी जाएगी।"

❋

524. मोदी : "ध्यान रहे कि 5 साल में धरती का कोई भी देश यात्रा से बचना नहीं चाहिए।"

पायलट : "सर जी, जो स्पीड आपने पकड़ी है उससे देश तो क्या कोई ग्रह भी नहीं बचेगा!"

✲

525. हंसना तो पड़ेगा...

बॉस ने एक चुलबुली निहायत ख़ूबसूरत सेक्रेट्री को काम पर रखा...

लेकिन 10 दिन बाद ही उसके बॉस ने 27वें माले से कूदकर आत्महत्या कर ली।

इंस्पेक्टर : "कमरे में उस वक़्त कौन-कौन मौजूद था?"

सेक्रेट्री : "जी, सिर्फ़ मैं थी।"

इंस्पेक्टर : "आख़िर हुआ क्या था? उसने ख़ुदकुशी क्यों की...?"

सेक्रेट्री : "सर, वो बहुत ही अच्छे इंसान थे। एक दिन उन्होंने मुझे 2 लाख रुपये की ड्रेस उपहार में दी...

फिर एक दिन उन्होंने मुझे 15 लाख की क़ीमत वाला हीरों का हार ख़रीद कर दिया...

अभी परसों ही वो मेरे लिए 5 लाख की हीरे की अंगूठी लेकर आए थे। ये देखिए मेरी अंगुली में अभी भी है सर।"

इंस्पेक्टर : "फिर...?"

सेक्रेट्री : "आज ही उन्होंने मुझे शादी के लिए प्रपोज़ किया था।"

इंस्पेक्टर : "हम्म्म्म...तो?"

सेक्रेट्री : "तभी मेरे पापा का फ़ोन आ गया। मैंने अपने पापा से अपने बॉस की तारीफ़ करते हुए कहा कि पापा आप अगर यहां होते तो देखते कि मेरे बॉस मुझे कितना प्यार करते हैं और आप हो कि, मुझे हमेशा यही कहते रहते हो कि पप्पू बेटा लड़की बनकर मत घूमा कर। बस! बॉस ने यह सुना और सीधे छलांग मार दी..."

शिक्षा : मार्केट में पैसा लगाने से पहले प्रोडक्ट की पूरी जानकारी ले लेनी चाहिए।

526. कुछ लोग कह रहे हैं कि जीएसटी समझ में नहीं आया, कुछ सवाल उन सब से...

क्या भारत का संविधान उनकी समझ में आया?

क्या सेल टैक्स, इनकम टैक्स के क़ानून समझ में आए?

क्या प्रॉपर्टी टैक्स के क़ानून समझ में आए?

इस दुनिया में क्यों आए हैं, समझ में आया क्या?

अपनी घरवाली समझ में आई क्या?

नहीं ना।

तो फिर टेन्शन काहे लेना। पहले जैसे ही ऐश करते रहो।

527. महिलाओं द्वारा मेक-अप धोने से पहले उनकी अंतरात्मा उन्हें एक बार ज़रूर पूछती है :

Are you sure you want to restore to factory setting (क्या आप इस बारे में सुनिश्चित हैं कि फ़ैक्ट्री सैटिंग बहाल कर दी जाए?)

528. जज : "मैडम, सच बताओ, आपके कितने पुत्र हैं?"

महिला : "सात।"

जज : "पहले का नाम?"

महिला : "राजू।"

जज : "दूसरा?"

महिला : "उसका नाम भी राजू।" (कोर्ट में सन्नाटा।)

जज : "तीसरा?"

महिला : "उसका भी राजू!" (कोर्ट में हंसी।)

जज : "चौथा?"

महिला : "उसका भी राजू।" (सन्नाटा। जज चिढ़ गया।)

जज : "पांचवां?"

महिला : "उसका भी राजू।" (कोर्ट में सब हैरान!)

जज : "छठवां?"

महिला : "उसका नाम भी राजू।" (गुस्से में जज लाल हो गया।)

जज : "और सातवां?"

महिला : "उसका भी राजू!!"

जज (गुस्से में) : "सातों पुत्रों का एक ही नाम? किसी को बुलाना होता है तो वो कैसे समझते हैं कि उसे ही बुला रही हो?"

महिला (शरमाते हुए) : "उन सभी के सरनेम अलग-अलग हैं, साहब!"

❋

529. पड़ोस वाली बुढ़िया मुझे बहुत तंग करती थी...

जब भी किसी की शादी होती तो वो मेरे गाल खींचकर कहती...

"अब तुम्हारी बारी है।"

फिर मैंने उसकी यह आदत छुड़वा दी।

जब भी कोई मर जाता तो मैं उसके गाल खींचकर कहता था, "अब आपकी बारी है।"

❋

530. सरदार जब परीक्षा देने गया तो वो अपने साथ प्लंबर को क्यों ले गया?

क्योंकि सरदार जी को ख़बर मिली थी कि पेपर 'लीक' हो गया है!

❋

531. सरदार पायलट का हेडफ़ोन छीन रहा था।

पायलट : "ये क्या कर रहे हो?"

सरदार : "अच्छा जी! टिकट हम लें और गाने तुम सुनो।"

532. सरदारनी : "प्लीज़! बाइक तेज़ ना चलाओ। मुझे डर लग रहा है।"

सरदार : "अगर तुझे भी डर लग रहा है, तो मेरी तरह आंखें बंद कर ले।"

❋

533. सरदार को चांद पर भेजने का फ़ैसला हुआ।

आधे रास्ते जाकर सरदार रॉकेट से कूद गया और चिल्लाया,

"कमीनों! आज तो अमावस्या है, चांद तो होगा ही नहीं।"

❋

534. एक सरदार को परीक्षा में किसी सवाल का हल नहीं आता था तो सरदार ने हर सवाल के नीचे लाइन खींच दी और लिखा : "स्क्रैच कर के उत्तर पढ़ लो।"

❋

535. एक बार 300 सरदार शिप में ट्रेवल कर रहे थे लेकिन सारे मर गए। कैसे???

शिप बीच में ख़राब हुआ तो धक्का देने नीचे उतर गए।

❋

536. सरदार जंगल में जा रहा था तो एक चुड़ैल ने उसे रोककर कहा, "हा हा हा! रुक जा मैं चुड़ैल हूं।"

सरदार : "मैनूं पता है। तेरी एक बहन मेरे नाल ही ब्याही है।"

❋

537. सरदार होटल में मुर्गा खाने गया लेकिन मुर्गे का अंग्रेज़ी शब्द भूल गया।

वेटर : "What would you like to have sir (आप क्या खाना पसंद करेंगे?)"

सरदार : "एक प्लेट Egg's Father (अंडे का बाप!)"

*

538. सरदार : "तुम कितने साल से जलेबी बना रहे हो?"

हलवाई : "30 साल से।"

सरदार : "बड़े शरम की बात है। तुम से आज तक जलेबी सीधी नहीं बनी?"

*

539. सरदार रांग साइड कार चला रहा था तो बोला :

"ओ शिट! आज फिर लेट हो गया। सारे लोग वापस जा रहे हैं।"

*

540. सरदार पहली बार टाइम प्लेन में बैठा।

जैसे ही प्लेन का अगला टायर ऊपर उठा तो सरदार पायलट को मारने लगा और बोला, "साले! मैं पहले ही डरा हुआ हूं और तू स्टंट मार रहा है।"

*

541. अचानक रात को 2 बजे पत्नी ने पति को नींद से जगाया।

पत्नी : "फ़िल्म *त्रिदेव* में कौन-कौन सी हीरोइनें थीं?"

पति : "माधुरी दीक्षित, संगीता बिजलानी और सोनम!"

पत्नी : "फ़िल्म *दिलवाले दुलहनिया ले जाएंगे* में काजोल का क्या नाम था?"

पति : "सिमरन!"

पत्नी : "सामने वाले फ़्लैट में आई रीना को सोसाइटी में आए कितना टाइम हुआ है??"

पति : "दो महीने!"

पत्नी : "वो पड़ोस वाली लाइन में नई मैडम आई हैं उन्होंने 3 दिन पहले कौनसी साड़ी पहनी थी?"

पति : "पिंक!"

पति : "लेकिन तुम ये सब क्यों पूछ रही हो?"

पत्नी : "क्योंकि आज मेरा बर्थ डे था!!"

❋

542. लघु कथा।

12 साल बाद वो जेल से छूटा। मैले कपड़ों में थका हुआ घर पहुंचा।

बीवी : "कहां घूम रहे थे इतनी देर, रिहाई तो 2 घंटे पहले हो गई थी?"

आदमी वापस जेल चला गया।

❋

543. आधी रात को घर में घुसे चोर ने बेडरूम में मर्द को रस्सी से बांध दिया और चाकू दिखाकर औरत से सारे ज़ेवरात निकालने को कहा।

औरत : "आपको जो चाहिए ले लो पर पहले उन्हें छोड़ दो क्योंकि वो पड़ोसन के पति हैं। मेरे वाले आते ही होंगे।"

❋

544. भक्त : "भगवान मैं पापी हूं! मुझे दर्द दो, दुख दो, मुझे बर्बाद कर दो, परेशानी दो, मेरे पीछे भूत लगा दो!"

भगवान : "अबे! एक लाइन में बोलना कि बीवी चाहिए।"

❋

545. पापा : “बेटा आगे का क्या सोचा है - कैंब्रिज, हावर्ड, ऑक्सफ़ोर्ड, आईआईएम, आईआईटी?”

बेटा : “नहीं पापा! आजकल आरएसएस की शाखा का ट्रेंड चल रहा है। ज़बर्दस्त प्लेसमेंट है - राष्ट्रपति, प्रधानमंत्री, उपराष्ट्रपति, मुख्यमंत्री आदि सब यहीं से आते हैं।”

पापा : “शाबाश! बेटे शाबाश!!”

❋

546. एक लड़का राम मंदिर गया और रोने लगा : “हे राम! मेरी गर्लफ़्रेंड खो गई।”

रामजी बोले : “पास वाले हनुमान मंदिर में जाकर एफ़आईआर दर्ज करवा। मेरी वाली भी उन्होंने ढूंढ़ी थी।”

❋

547. मैंने सरदार से पूछा : “आईने के सामने बैठकर क्यों पढ़ता है?”

उसने तीन फ़ायदे बताए :

“1. साथ-साथ रिविज़न होता रहता है।

2. खुद पर नज़र रहती है कि पढ़ रहा हूं या नहीं।

3. साथ में पढ़ने के लिए कंपनी मिल जाती है।”

❋

548. शाम को जब मैं घूमने निकला तो देखा दुकानों पर लगे जितने भी बोर्ड दिखाई दिए, उनमें लिखे हुए सारे बोर्ड्स में कुछ शब्द तो “अंग्रेज़ी” के ज़रूर थे...

जैसे : “संजय सर्विस स्टेशन।

अजय मेडिकल स्टोर।

विजय फ़ोटो कॉपी सेंटर।

बबलू हेयर कटिंग।

शिव बार ऐंड होटल।

ज्योति हॉस्पिटल...इत्यादि।"

मन बड़ा खिन्न था, हिंदी की यह दशा देखकर।

परंतु फिर एक बोर्ड दिखा और सिर्फ़ एक ही बोर्ड ऐसा जो हमेशा पूर्ण हिंदी में ही लिखा हुआ होता है - "ठेका देशी शराब!" प्रफुल्लित हो गया मन!!

❋

549. शराबी : "अगर मेरे हाथ में सरकार होती तो मैं देश की तक़दीर बदल देता।"

शराबी की पत्नी : "अरे! पहले अपना पजामा तो बदल ले करम जले...

सुबह से मेरी सलवार पहनकर घूम रहा है।"

❋

550. सरदार अपनी बिल्ली से तंग आकर उसे दूर छोड़ आया...

घर आया तो बिल्ली वापस आ चुकी थी...

वो दूसरी बार छोड़कर आया और बिल्ली फिर से वापस आ गई।

अब तीसरी बार वो बहुत दूर जंगल में छोड़ने गया...वापस आते समय रास्ते में उसने अपनी बीवी को फ़ोन किया और पूछा, "बिल्ली घर आ गई क्या?"

बीवी : "हां...आ गई!"

सरदार : "उस कमीनी को भेज यहां...मैं रास्ता भूल गया हूं।"

❋

551. पड़ोस वाली आंटी डेढ़ घंटे से हमारे दरवाज़े पर खड़ी होकर मम्मी से बातें कर रही थीं। बैठी इसलिए नहीं क्योंकि उन्हें देर हो रही थी!

❋

552. आज का हिंदी ज्ञान :

Air Hostess	=	हवाई सुंदरी
Nurse	=	दवाई सुंदरी
Lady Teacher	=	पढ़ाई सुंदरी
Maid	=	सफ़ाई सुंदरी

किसी ने इसमें जोड़ा :

Wife	=	लड़ाई सुंदरी
Girl Friend	=	पराई सुंदरी!

कृपया लेखक का नाम न पूछें। लेखक लेख लिखने के बाद से फ़रार है।

❋

553. गांव के भोले-भाले लोग, शहर में एक शादी के रिसेप्शन में गए।

अंदर गए तो सलाद के ढेरों आइटम देखकर बाहर आ गए।

बाहर आकर एक बोला : "अभी तो सब्ज़ी भी नहीं बनी है...! कटी धरी है।"

❋

554. आपको जब लगे कि आपकी पत्नी आपसे बहुत प्यार करती है तो आप खाना खाने के बाद अपने हाथ उसके सामने ही परदे से पोंछकर देखिएगा, आपकी सारी ग़लतफ़हमी दूर हो जाएगी।

❋

555. "मेरी रूह का परिंदा फड़फड़ाए, लेकिन सुकून का जज़ीरा मिल न पाए।"

प्रश्न : "इस कविता में कवि कहां है और क्या कर रहा है?"

उत्तर : "इस कविता में कवि हाइवे पर है और उसे ठेका नहीं मिल रहा है।"

❋

556. शादी की 10वीं सालगिरह पर पत्नी पुलकित होकर बोली :

"आप बिलकुल भी नहीं बदले। वैसे के वैसे ही भोले-भाले, वैसे ही शांत, एकदम पहले जैसे ही हो।"

पति भी भावुक होकर बोल उठा :

"जो रहीम उत्तम प्रकृति, का करि सकत कुसंग।

चंदन विष व्यापत नहीं, लिपटे रहत भुजंग।।"

पत्नी : "भावार्थ समझाओ?"

पति : "रहीम जी कहते हैं कि जिस प्रकार सांप के लिपटे रहने से भी चंदन के पेड़ पर विष का असर नहीं होता, ठीक उसी तरह उत्तम प्रकृति के मनुष्य पर कुसंगति का असर नहीं होता।"

पति के 2 दांत 4 फुट दूर जा गिरे, और हाथ में प्लास्टर है। उसका इलाज चल रहा है।

❋

557. मंथली फ़ीस माफ़ी हेतु प्रधानाचार्य को डरावना पत्र :

"सेवा में,

श्रीमान प्रधानाचार्य जी,

राजकीय उच्च माध्यमिक विद्यालय,

गांव : प्यारपुर।

विषय : फ़ीस माफ़ी हेतु।

महाशय,

आपसे सीधे निवेदन है कि कल हम घर से फ़ीस के लिए 1500 रुपये लेकर आ रहे थे। मगर रास्ते में मेरी गर्लफ़्रेंड मिल गई तो उसे इम्प्रेस करने के चक्कर में उसे पिज़्ज़ा हट ले जाना पड़ा। वहां 1500 का ख़र्चा हो गया।

वहीं मैंने देखा आप भी पूजा मैडम को अपने हाथों से पिज़्ज़ा खिला रहे थे जिसका वीडियो मैंने बना लिया। आगे आप खुद ही समझदार हैं।

मेरी फ़ीस माफ़ या आपका पर्दाफ़ाश...

आपका आज्ञाकारी छात्र

पप्पू चौधरी, कक्षा 4।"

558. बीवी : "सुनो जी, जब हमारी नई-नई शादी हुई थी और मैं खाना बनाकर लाती थी तो तुम खुद कम खाते थे, मुझे ज़्यादा खिलाते थे।"

पति : "तो?"

बीवी : "तो अब ऐसा क्यों नहीं करते?"

पति : "अब तुम खाना ठीक बनाने लगी हो।"

❋

559. क्या है, जनरेशन गैप?

हमारे पिताजी के ज़माने में वो गाते थे, "मेरा नाम करेगा रोशन, जग में मेरा राजदुलारा।"

हमारे ज़माने में हमने दोहराया, "पापा कहते हैं बड़ा नाम करेगा।"

अब हमारे बच्चे गा रहे हैं, "बापू! सेहत के लिए तू तो हानिकारक है!"

❋

560. इस ज़माने में भी सिर्फ़ बिजली विभाग ही है जो शुद्ध माल बेचता है। विश्वास न हो तो हाथ लगाकर देख लो।

❋

561. शर्त लगी थी ख़ुशियों को एक लफ़्ज़ में लिखने की...

लोग किताबों में ढूंढ़ते रह गए। मैंने "थाईलैंड" लिख दिया।

❋

562. टिल्लू : "आपकी कितनी बीवियां हैं?"

असलम शेख : "छह!"

टिल्लू : "संडे को आराम करते होंगे?"

असलम : “वल्लाह...मज़दूर की ज़िंदगी में आराम कहां? संडे को साली आ जाती है...!”

❋

563. एक गांव में एक पत्नी अपने पति को पीट रही थी...

पड़ोसी बोला : “क्यों मार रही हो बेचारे को?”

पत्नी : “बेचारा नहीं है ये...मैंने इसे फ़ोन किया था। इसका फ़ोन एक लड़की ने उठाया और कहा कि जिस व्यक्ति से आप संपर्क करना चाहते हैं वो अभी व्यस्त है...”

❋

564. आपके मोबाइल फ़ोन के की-बोर्ड में Y और I के बीच में एक बहुत प्यारा इंसान है...यक़ीन नहीं तो चेक कीजिए!

❋

565. एक मच्छर तूफ़ान में फंसा हुआ था। रास्ते में एक पेड़ मिला। मच्छर पेड़ से लिपट गया। जब तूफ़ान निकल गया तो मच्छर पसीना पोंछते हुए बोला, “अगर आज मैं नहीं होता तो ये पेड़ गिर ही जाता।”

❋

566. मां ने घबराकर बेटे को कॉल कर के कहा, “बेटा! जल्दी घर आ जा। बहू को पैरालिसिस का अटैक आया है। मुंह टेढ़ा, आंखें ऊपर और गर्दन घूम गई है।”

बेटे ने कहा, “घबराओ मत मां! वो सेल्फ़ी ले रही होगी।”

❋

567. पुजारी ने नारियल अपने सिर पर दे मारा। तब एक लड़की ने उनसे पूछा : “पंडित जी! व्रत में सादे पानी की जगह गोलगप्पे का पानी पी सकते हैं क्या?”

568. पति : "मुझे नींद नहीं आ रही है।"

पत्नी : "जाओ, जाकर बर्तन साफ़ कर दो।"

पति : "नींद में बोल रहा हूं पगली!"

❋

569. बीवी ने पूछा :

"मुमताज़ के गुज़रने के बाद उसकी याद में शाहजहां ने ताज महल बनवाया था...मेरी याद में आप क्या बनवाओगे...?"

मैंने भी प्यार से कह दिया..."आलू-पूड़ी-सब्ज़ी।"

❋

570. एक दो बादाम खाकर भी गणित के पूरे फ़ॉर्मूले याद थे।

अब मुट्ठी भर खाते हैं फिर भी बीवी का जन्मदिन याद नहीं रहता।

लगता है बादाम नक़ली आने लगे हैं।

❋

571. पूरी बारात में एक बैंड मास्टर ही होता है जो दूल्हे को हिम्मत देता है - "ये देश है वीर जवानों का," गाना बजाकर! बाक़ी सब तो बर्बादी का मज़ा लेने आते हैं।

❋

572. गंगा साफ़ करने के लिए किसी मंत्रालय की ज़रूरत नहीं...

सिर्फ़ ट्रम्प को गंगा स्नान के लिए निमंत्रण दें, बाक़ी काम अमेरिका कर देगा।

❋

573. एक लड़की ने मुझे मैसेज भेजा,

"माता-पिता से बढ़कर कोई नहीं होता।"

मैंने भी जवाब दिया : "तो हम भी माता-पिता बन जाएं?"

तो ब्लॉक कर दिया डाकिन ने।

❋

574. इंडिया भी कमाल का देश है।

100 लगाओ तो पुलिस आ जाती है, 100 दे दो तो चली जाती है।

❋

575. पिता : "बेटा, एक ज़माना था जब मैं 10 रुपये लेकर बाज़ार जाता था और किराने की दुकान से, सब्ज़ी, दूध सब ले आता था।"

बेटा : "पिताजी अब ज़माना बदल गया है। आजकल हर दुकान पर सीसीटीवी कैमरे लगे रहते हैं!"

❋

576. स्त्री को अपने पति के पांव क्यों दबाने चाहिए इसके पीछे ग्रहों का कारण भी छुपा है।

पुरुष के घुटने से लेकर पिंडली तक का भाग शनि का होता है, तथा स्त्री की कलाई से लेकर अंगुली तक का भाग शुक्र का होता है। जब भी शनि का प्रभाव पड़ता है, धन प्राप्ति का योग बनता है। अतः स्त्री को अपने पति के पैर दबाने चाहिए।

ये मैसेज भेजने वाला भाई तीन महीने से हॉस्पिटल में भर्ती है।

पिंडली के पास की हड्डी में फ्रेक्चर है!

❋

577. “हसीना ने मस्जिद के सामने घर क्या ख़रीदा,
पल भर में सारा शहर नमाज़ी हो गया।।”

❋

578. एक पत्नी ने अपने पति को फ़ोन लगाया और पूछा : “क्या कर रहे हो?”

पति : “ऑफ़िस में हूं, बहुत बिज़ी हूं, और तुम क्या कर रही हो...?”

पत्नी : “मैकडोनाल्ड रेस्तरां में तुम्हारे पीछे बच्चों के साथ बैठी हूं और बच्चे पूछ रहे हैं कि पापा के साथ कौन-सी बुआ बैठी हैं...?”

❋

579. एक आदमी बाबा जी का सत्संग सुनकर घर आया। घर आकर उसने अपनी बीवी को घर से निकाल दिया और नौकरानी से शादी कर ली। रिश्तेदारों ने पूछा, “ऐसा क्यों कर रहे हो?”

उसने जवाब दिया : “बाबा जी ने कहा है कि माया को छोड़ दो और शांति के साथ रहो।”

❋

580. एक बिहारी आईएएस का इंटरव्यू देने गया।

उससे पूछा गया, “भारत को आज़ादी कब मिली?”

उसने कहा, “प्रयास तो काफ़ी पहले शुरू हो गया था पर सफलता 1947 में मिली।”

फिर उससे पूछा गया, “हमें आज़ादी दिलाने में महत्त्वपूर्ण भूमिका किसने निभाई?”

वह बोला, “इसमें कई लोगों का योगदान रहा है, किसका नाम बताऊं? यदि किसी एक का नाम लेता हूं तो अन्य के साथ अन्याय होगा।”

“क्या भ्रष्टाचार हमारे देश का सबसे बड़ा दुश्मन है?”

“इस बारे में शोध चल रहा है। सही उत्तर मैं तभी दे पाऊंगा जब रिपोर्ट देख लूं।”

इंटरव्यू बोर्ड इस बिहारी के ओरिजनल उत्तरों से बेहद खुश हुआ। उन्होंने बिहारी को जाने को कहा, पर हिदायत दी कि वह बाहर बैठे अन्य उम्मीदवारों को ये प्रश्न न बताए क्योंकि वे यही प्रश्न उनसे भी पूछेंगे।

जब बिहारी बाहर आया तो अन्य उम्मीदवारों ने उससे पूछा कि उससे क्या प्रश्न पूछे गए हैं? उसने बताने से इनकार कर दिया।

तब एक ने कहा कि यदि प्रश्न नहीं बता सकते तो उत्तर ही बता दो। तब बिहारी ने चुपके से सिर्फ़ उसी को उत्तर बता दिए।

अब वह साहब इंटरव्यू देने गए। इंटरव्यू बोर्ड ने उससे पूछा, "आपकी जन्मतिथि क्या है?"

वह बोला, "प्रयास तो काफ़ी पहले शुरू हो गया था। पर सफलता 1947 में मिली।"

इंटरव्यू बोर्ड वाले कन्फ़्यूज़ हो गए। उन्होंने अगला प्रश्न पूछा।

"आपके पिताजी का नाम क्या है?"

वह बोला, "इसमें कई लोगों का योगदान रहा है, किसका नाम बताऊं? यदि किसी एक का नाम लेता हूं तो अन्य के साथ अन्याय होगा।"

बोर्ड वाले हक्के-बक्के रह गए। उन्होंने कहा, "क्या तुम पागल हो गए हो?"

वह साहब बोले, "इस बारे में शोध चल रहा है। सही उत्तर मैं तभी दे पाऊंगा जब रिपोर्ट देख लूंगा!"

❋

581. पत्नी मायके से वापस आई, पति दरवाज़ा खोलते हुए ज़ोर-ज़ोर से हंसने लगा।

पत्नी : "ऐसे क्यों हंस रहे हो?"

पति : "गुरुजी ने कहा था कि जब भी मुसीबत सामने आए उसका सामना हंसते हुए करो।"

❋

582. एक साहब सुबह-सुबह ऑफ़िस जाने के लिए बस में चढ़े तो कंडक्टर ने उनसे मुस्कराते हुए पूछा, "कल रात आप ठीक-ठाक घर तो पहुंच गए थे न सर?"

साहब (आश्चर्य से) : "क्यों? कल रात को मुझे क्या हो गया था?"

कंडक्टर : "सर! एकदम टुन्न थे आप।"

साहब (गुस्से से) : "अच्छा, यह तुम कैसे कह सकते हो? मैंने तो तुमसे बात तक नहीं की थी?"

कंडक्टर : "ऐसा है सर जी, कल रात जब आप बस में बैठे थे, तो एक मैडम बस में चढ़ी थीं और आपने उठकर उन्हें अपनी सीट ऑफ़र की थी।"

साहब : "तो इसमें क्या हो गया? यह तो करना चाहिए। इससे मेरे नशे में होने का क्या संबंध? महिला को सीट ऑफ़र करना गुनाह है क्या?"

कंडक्टर : "गुनाह तो नहीं सर, पर उस समय बस में केवल आप दो ही पैसेंजर थे और आपने सारा सफ़र खड़े होकर किया।"

❋

583. अपराधी : "जज साहब मैं शराब पिए हुआ नहीं था...बल्कि पी रहा था..."

जज : "तो ऐसा करते हैं तुम्हारी सज़ा 1 महीने से घटाकर 30 दिन कर देते हैं।"

❋

584. पत्नी : "कहां पर हो?"

पति : "स्कूटर से गिर गया हूं। एक्सीडेंट हो गया है। हॉस्पिटल जा रहा हूं।"

पत्नी : "ध्यान रखना, टिफ़िन टेढ़ा ना हो जाए, वरना दाल गिर जाएगी।"

❋

585. डॉक्टर (मरीज़ से) : "अगर तुम मेरी दवा से ठीक हो गए तो मुझे क्या इनाम दोगे?"

मरीज़ : "साहब मैं तो बहुत ही ग़रीब हूं और क़ब्र खोदता हूं। आपकी फ़्री में खोद दूंगा।"

❋

586. एक भूतनी इंसान के वेश में बाल कटवाने आई।

भूतनी : "बाल कटवाना है।"

नाई : "बाद में आना अभी व्यस्त हूं।" तभी नाई बेहोश हो गया।

ऐसा क्या कहा भूतनी ने कि नाई बेहोश हो गया?

"मुंडी रखकर जा रही हूं! स्टेप कटिंग कर देना!! बाद में लेकर जाऊंगी!!!"

❋

587. हीरालाल का पेट ख़राब था।

पत्नी बोली : "आजवाइन ले लो।"

हीरालाल शाम को टुन्न होकर घर आया तो पत्नी बोली, "यह क्या है?"

हीरालाल : "वही जो तूने सुबह कहा था कि आज वाइन ले लो।"

❋

588. जिन घरों में कांच के गिलासों और चियर्स की आवाज़ नियमित आती है उन घरों में वास्तुदोष, भूत, पिशाच, जिन्न आदि कभी नहीं आते!

❋

589. बस में ताई संतरा छील रही थीं और छिलका बस में ही डाल रही थीं! तभी कंडक्टर बोला : "ताई! छिलका बस में न फेंको। गंदगी होती है।"

ताई बोलीं : "के बात करो है तू? तू छिलका अंदर नाय फेंकने देरो और मोदी बाहर नाय फेंकने देरो। तुम दोनों की मरज़ी का है? संतरा खान देयोगे के नाय??"

❋

590. एक बच्चे ने प्रश्न पूछा...मेरी तो बोलती बंद हो गई।

"अगर योग करने से रोग नहीं होता, तो फिर बाबा रामदेव पतंजलि की इतनी दवाइयां क्यों बेचता है...??"

591. पत्नी कुछ भी कहे तो गर्दन को दो बार ऊपर से नीचे करें, ये सर्वश्रेष्ठ योग है।

यह योग न सिर्फ़ आपको बीपी, अनिद्रा, बेचैनी, चिड़चिड़ापन इत्यादि रोगों से बचाता है बल्कि यह योग आपके ख़ुशहाल जीवन की कुंजी है।

नोट : "गर्दन को कभी भी दायीं ओर से बायीं न घुमावें, यह जानलेवा हो सकता है!"

❋

592. अध्यापिका : "बताओ बादल काले क्यों होते हैं?"

पप्पू (कुछ देर सोचने के बाद) : "रोज़ धूप में घूमेंगे तो काले हो ही जाएंगे।"

❋

593. भिखारी (पिंकी से) : "मैडम! एक रुपया दे दो।"

पिंकी : "शर्म नहीं आती, इतने स्मार्ट, ख़ूबसूरत, हैंडसम, जवान लड़के हो और भीख मांगते हो?"

भिखारी (ख़ुश होकर) : "ठीक है तो फिर एक झप्पी ही दे दो।"

❋

594. पप्पू को बीड़ी पीने की लत लग गई। उसके पिताजी ने लत छुड़ाने के लिए बाबा रामदेव की योगा क्लास में भेजा।

पप्पू अब पांव से भी बीड़ी पी लेता है!

❋

595. "लैला से प्यार करके मजनूं की क़िस्मत जाग गई।"

वाह! वाह!!

"लैला से प्यार करके मजनूं की क़िस्मत जाग गई।

मजनूं ने इतने लव लैटर लिखे कि लैला पोस्टमास्टर के साथ भाग गई।।"

596. खगोलशास्त्री तो परिवार में ही होते हैं...

एक मां जो बचपन में चांद दिखाती थी,

दूसरे पापा जो एक थप्पड़ में सारा ब्रह्मांड दिखा देते थे,

तीसरी पत्नी जो दिन में तारे दिखाती है।

ये नासा-वासा तो सिर्फ़ भ्रम है!

✵

597. कल एक पत्नी ने अपने पति को यह कहकर चुप करा दिया, "ज़्यादा होशियार बत बनो। जितना दिमाग़ तुम्हारे पास है ना, उतना तो मेरा हमेशा ख़राब रहता है।"

✵

598. एक महिला ने जिओ के कस्टमर केयर पर फ़ोन करके गुस्साते हुए कहा, "पिछले तीन घंटे से आपकी कंपनी का इंटरनेट नहीं चल रहा है। बताइए मैं क्या करूं?"

दिल को छू जाए कुछ ऐसा जवाब दिया कस्टमर केयर वाले ने...

"बहनजी! तब तक कुछ घर के काम ही कर लो।"

✵

599. आगरा में एक प्रेमी पार्क में बैठकर अपनी प्रेमिका की आंखों में देखते हुए बोला :

"सुनीता हमैं तुमाई आंखन में पूरो आगरा दिखरो है।"

तभी बाज़ू से गुज़रते हुए एक अंकल जी बोले :

"बेटा! नैक देखियो कि हरिपर्वत चौराहे पे चेकिंग हैरई है का?"

✵

600. रिपोर्टर : "स्वामी जी! यहां पहाड़ के ऊपर तो बहुत ठंड है। इतनी ठंड में भी आपकी ख़ुशी का राज़ क्या है?"

स्वामी जी : "साधना और ग्रीन टी मुझे गर्म रखते हैं। तुम क्या पसंद करोगे साधना या फिर ग्रीन टी?"

रिपोर्टर : "ग्रीन टी।"

स्वामी जी : "साधना, दो कप ग्रीन टी लाना।"

❋

601. संता (इलेक्ट्रिक शॉप में) : "दो पंखे देना, एक लेडीस और एक जैंट्स।"

सेल्समैन : "पंखों में लेडीस और जैंट्स नहीं होता।"

संता : "होता क्यों नहीं है? एक उषा का देना और एक बजाज का देना।"

❋

602. मैच हारने के बाद धोनी की मां : "बेटा! ज़रा बाज़ार से सब्ज़ी ले आना।"

धोनी : "नहीं मां, पब्लिक मारेगी।"

मां : "मेरी साड़ी पहनकर जा, कोई नहीं पहचानेगा।"

बाज़ार में धोनी साड़ी पहनकर गया। तभी अचानक एक औरत बोली : "कैसे हो धोनी?"

"ओ तेरी!" धोनी चकरा गया : "आपको कैसे पता चला?"

औरत : "अबे मैं कोहली हूं। साड़ी अनुष्का की है!"

❋

603. बीवी का ख़ौफ़।

गांव में रात को भजन का प्रोग्राम था। शर्मा जी की बहुत इच्छा थी जाने की पर पत्नी ने मना कर दिया। वह बोली, "तुम रात को बहुत देर से आओगे, मैं कब तक जागूंगी?"

11 बजे वापस आने का बोलकर शर्मा जी भजन में चले गए।

भजन संध्या में ऐसे डूब गए कि समय का ध्यान ही नहीं रहा।

घड़ी में एक बजे का समय देखकर शर्मा जी की हालत ख़राब हो गई।

चप्पल हाथ में लिए दौड़ने लगे और "हर-हर महादेव" बोलते गए।

भजन संध्या में अलौकिक माहौल था तो शिव जी भी वहीं थे।

वो शर्मा जी की सहायता के लिए आए और बोले, "बोलो भक्त! क्या परेशानी है?"

शर्मा जी : "आप मेरे साथ घर तक चलो, मैं दरवाज़ा खटखटाऊं तो आप आगे आकर संभाल लेना। मेरी बीवी आज मुझे छोड़ेगी नहीं।"

शिव जी : "वत्स! तेरी पत्नी तुझे क्यों मारेगी?"

शर्मा जी : "प्रभु! मैं बीवी को 11 बजे का कहकर आया था।"

शिव जी : "तो अभी कितने बजे हैं?"

शर्मा जी : "प्रभु, डेढ़ बजे हैं।"

शिव जी डेढ़ सुनते ही भागने लगे।

शर्मा जी : "प्रभु, क्या हुआ?"

शिव जी दौड़ते-दौड़ते बोले, "मैं ख़ुद साढ़े बारह बजे का बोलकर आया था!"

पत्नी मतलब पत्नी...चाहे किसी की भी हो।

❋

604. एक बच्चे ने अपनी मां से बुरी तरह से पिटने के बाद अपने पापा से पूछा, "आप कभी पाकिस्तान गए हो?"

पापा : "नहीं बेटा।"

बेटा : "कभी अफ़ग़ानिस्तान गए हो?"

पापा : "नहीं बेटा।"

बेटा : "तो फिर यह आतंकवादी आइटम कहां से लाए?"

❋

605. अटल सत्य :

पढ़ाई और जिम हमेशा कल से शुरू होते हैं।

और, सिगरेट और शराब कल से बंद होते हैं!

❋

606. पंजाबियों द्वारा डॉक्टर से चेकअप के बाद सर्वाधिक पूछा जाने वाला प्रश्न :

"डॉक्टर साहब, ड्रिंक तो कर सकते हैं ना?"

डॉक्टर साहब का दिल पिघल गया और उन्होंने संता को 2 पैग पीने की इज़ाज़त दे दी।

अगले दिन संता 2 पैग के बाद तीसरा पैग पीने लगा तो बंता बोल पड़ा, "ये क्या? तीसरा कैसे?"

संता : "दो पैग की पर्ची मैंने दूसरे डॉक्टर से भी ली है!"

❋

607. पति : "शादी से पहले तुम्हारे कितने बॉयफ्रेंड थे?"

पत्नी चुप।

पति (चिल्लाकर) : "मैं इस ख़ामोशी को क्या समझूं?"

पत्नी : "हाय रब्बा...गिन तो रही हूं, चिल्ला क्यों रहे हो?"

❋

608. पैकेज टूर में सीनियर सिटीज़न और हनीमून कपल्स एक साथ गए।

गाइड : "हाथों में मेहंदी और बालों में मेहंदी वाले अलग-अलग हो जाएं।"

❋

609. होशियार वकील!

एक डॉक्टर साहब एक पार्टी में गए तो अपने बीच शहर के एक प्रतिष्ठित डॉक्टर को पाकर लोगों ने उन्हें घेर लिया। किसी को ज़ुकाम था तो किसी के पेट में गैस, इसीलिए सभी मुफ़्त की राय लेने के चक्कर में डॉक्टर के पास पहुंच गए। डॉक्टर साहब भी किसी को मना नहीं कर पा रहे थे। उसी पार्टी में शहर के एक नामी वकील भी आए हुए थे, मौक़ा मिलते ही डॉक्टर साहब वकील साहब के पास पहुंचे और उन्हें एक ओर ले जाकर बोले, "यार! मैं तो परेशान हो गया हूं। सभी फ़्री में इलाज कराने के चक्कर में हैं। तुम्हें भी ऐसे लोग मिलते हैं क्या?"

वकील : "बहुत मिलते हैं।"

डॉक्टर : "तो फिर उनसे कैसे निपटते हो?"

वकील : "बिलकुल सीधा तरीक़ा है। मैं उन्हें वैसी सलाह देता हूं जैसी कि वो चाहते हैं, बाद में उनके घर बिल भिजवा देता हूं।"

यह बात डॉक्टर साहब को कुछ जम गई। अगले रोज़ उन्होंने भी पार्टी में मिले कुछ लोगों के नाम बिल बनाए और उन्हें भिजवाने ही वाले थे कि तभी उनका नौकर अंदर आया और बोला, "साहब! कोई आपसे मिलना चाहता है।"

डॉक्टर : "कौन है?"

नौकर : "वकील साहब का चपरासी है। कहता है कि कल रात पार्टी में आपने वकील साहब से जो राय ली थी उसका बिल है!"

✲

610. एक डॉक्टर की डायरी!

कैसे-कैसे कमाल के रोगी आते हैं।

भले ही कैसे भी तेल में तले हुए वड़े, समोसे खाते हैं।

कई बार कैसे भी पानी से भरी हुई पानीपूरी खाते हैं।

कीटनाशक से भरपूर फल-सब्ज़ी खाते हैं।

और तो और...

पैसा ख़र्च कर काला ज़हर यानी कोक व पेप्सी पी जाते हैं।

तंबाकू ऐसे खाते हैं जैसे दुनिया ख़त्म होने वाली है।

यह सब भी बिना किसी आपत्ति के, लेकिन जैसे ही दवाई की पर्ची हाथ में दो तो तुरंत पूछते हैं, "डॉक्टर साहब! इसका कोई साइड इफ़ेक्ट तो नहीं!!"

❋

611. पति पत्नी लंदन गए। पत्नी ने ईसा मसीह की मूर्ति देखी तो उनके पैर छुए। पति यह देखकर बोला : "तूने मेरे पैर तो आज तक नहीं छुए?"

पत्नी का सुंदर जवाब : "पहले तू लटक तो सही!"

❋

612. अच्छे और बहुत अच्छे टीचर में अंतर :

अच्छा टीचर वो है, जो परीक्षा में आपको कड़ी मेहनत करने की सलाह दे...

और बहुत अच्छा टीचर वो है, जो आपको परीक्षा के वक़्त कहे : "कंजरों! पर्चियां चबा जाओ, चेकिंग वाले आ गए।"

जब सबने पर्चियां चबा लीं तो टीचर सीट पर हंसते हुए जा बैठे और कहने लगे कि चेकिंग वाले नहीं आए...अब करो पेपर!!

❋

613. जलते हुए रावण ने भीड़ से पूछा...

"कमीनों! तुम्हारी बीवी थोड़े ही उठाई थी, जो कि हर साल मुझे जलाते हो?"

भीड़ में से एक आदमी : "हमारी नहीं उठाई थी इसलिए ही तो जलाते हैं!"

❋

614. कभी किसी ने यह सोचा कि दवाई के पैकेट में 10 टैबलेट ही क्यों होती हैं?

जानकारी के लिए बता दूं...यह प्रथा तब से चालू हुई जब रावण को सिर दर्द हुआ था।

❋

615. पिता : "पंडित जी! मेरा बेटा बड़ा होकर क्या बनेगा?"

पंडित : "मैं तुम्हारे बेटे के कमरे में दारू की बोतल, *प्ले बॉय* मैगज़ीन, दस रुपये का एक नोट, और साथ में *रामायण* रख देता हूं। अगर वो *रामायण* लेता है, तब तो पंडित बनेगा। अगर वो दस रुपये लेता है तो व्यापारी बनेगा। अगर वह दारू की बोतल लेता है तब वह ख़राब इंसान बनेगा, और अगर वो मैगज़ीन लेता है तो लफ़ंगा बनेगा!"

जब रूम में बाप का लाड़ला बेटा पहुंचा तो *रामायण* बाएं हाथ में ली, दस का नोट जेब में डाला, दारू की बोतल खोलकर पैग लगाते हुए मैगज़ीन देखना शुरू कर दिया...

यह देखकर पंडित जी ज़ोर-ज़ोर से चिल्लाने लगे, "यह तो बाबा राम-रहीम बनेगा!"

❋

616. एक सुंदर महिला अगर रोज़ मॉर्निंग वॉक करे तो 10 पुरुष निरोगी हो सकते हैं...

सबका साथ, सबका विकास।

❋

617. एक महिला ने डॉक्टर से कहा, "डॉ. साहब! मेरे पति ने पेनकार्ड निगल लिया है। जल्दी कुछ करिए।"

डॉ. साहब : "आपके पति से कहिए, आधार कार्ड भी निगल लें। दोनों के लिंक हुए बग़ैर मैं कुछ नहीं कर पाऊंगा।"

❋

618. टीचर : "बहुत तेज़ हवा के साथ बारिश हो रही है। इसका भविष्य काल बताओ।"

पप्पू : "अब लाइट जाएगी।"

❋

619. डॉक्टर : "आपका हीमोग्लोबिन कम है, आपमें आयरन की कमी है, आपमें कैल्शियम की कमी है, आपमें विटामिन डी की कमी है, और आप में...!"

औरत : "बस-बस डॉक्टर साहब, रहने दो! इतनी कमी तो मेरे में मेरी सासू भी नहीं निकालती जितनी आप निकाल रहे हो।"

❋

620. पत्नी : "जिम जाया करो। खा-खाकर पेट निकल आया है।"

पति : "पेट तो तुम्हारा भी निकल आया है।"

पत्नी : "मैं तो मां बनने वाली हूं।"

पति : "तो मैं भी तो बाप बनने वाला हूं!"

❋

621. पति और पत्नी का ज़ोरदार झगड़ा होता है।

पति (गुस्से से) : "तेरी जैसी 50 मिलेंगी।"

पत्नी (हंसते हुए) : "अभी भी मेरी जैसी ही चाहिए?"

❋

622. पति : "अब तो मुझे शांति के साथ रहने दो।"

पत्नी : "आप शांति के साथ रहना चाहते हो तो मुझे भी आनंद के साथ रहना है।"

❋

623. बंटी : "ओए! तूने अपनी सगाई क्यों तोड़ दी?"

पप्पू : "अरे यार, उसका कोई बॉयफ्रेंड ही नहीं था।"

बंटी : "तो?"

पप्पू : "जो आज तक किसी की ना हो सकी वो मेरी क्या होगी?"

624. पत्नी ने पति से कहा : "प्लीज़ मेरी तरफ़ मुंह करके सो जाओ। मुझे बहुत डर लग रहा है।"

पति : "अच्छा! बस अपनी ही चिंता है...मैं भले ही डर-डरकर मर जाऊं।"

❋

625. लड़की : "बीवी और गर्लफ्रेंड में क्या फ़र्क़ होता है?"

लड़का : "यही कोई 20 किलो का।"

❋

626. पत्नी : "शादी से पहले आप मुझे कहां-कहां घुमाते थे! होटल, सिनेमा, आसपास के नज़ारे और न जाने क्या-क्या? और जब शादी हुई है तो घर के बाहर भी नहीं लेकर जाते हो।"

पति : "तूने कभी चुनाव के बाद प्रचार होते देखा है?"

❋

627. स्कूल में हिंदी के पीरियड में मास्टर जी ने पूछा :

"दुख तो अपना साथी है, सुख तो आता-जाता है। इसका अर्थ स्पष्ट करो।"

रमेश : "बीवी हमेशा घर में होती है, साली आती-जाती रहती है।"

मास्टर जी ने रमेश के लिए भारत रत्न सिफ़ारिश की है!

❋

628. पत्नी (बड़े प्यार से) : "सुनिए जी! मेरी स्किन बहुत ऑयली-ऑयली सी हो गई है। बताइए ना, मैं क्या लगाऊं?"

पति : "ये लो विम बार, ये पूरी चिकनाई हटा देगा।"

❋

629. पति (फ़ोन पर पत्नी से) : "तुम बहुत प्यारी हो।"

पत्नी : "थैंक्स।"

पति : "तुम बिलकुल राजकुमारी जैसी हो।"

पत्नी : "थैंक्यू सो मच डियर। और बताओ क्या कर रहे हो?"

पति : "ख़ाली बैठा था। सोचा थोड़ा मज़ाक़ ही कर लूं!"

❋

630. एक बार पति-पत्नी घूमने जा रहे थे। रास्ते में गधा मिला, पत्नी को मज़ाक़ सूझा।

पत्नी : "आपके रिश्तेदार हैं। नमस्ते तो कर लो।"

पति भी बहुत कमीना था। बोला : "ससुर जी, नमस्ते!"

❋

631. बीवी ने बहुत ही सुरीले और मादक अंदाज़ में बाथरूम से आवाज़ दी : "डार्लिंग, मैं बाथरूम में हूं...मैंने साबुन लगा लिया है, प्लीज़ जरा आओ और अपने मज़बूत हाथों से अच्छी तरह से रगड़ दो।"

पति चाय की चुस्की लेता हुआ अख़बार पढ़ रहा था। वह बोला, "हां जानेमन! तुम्हारा हुक्म मेरे सिर माथे पर। आया जान!"

वह कूदता हुआ बाथरूम में पहुंचता है...तो देखता है कि बीवी कपड़ों के ढेर के आगे खड़ी हुई थी।

बीवी : "देखो, मैंने कपड़ों में साबुन लगा दिया है। अब अच्छी तरह से हर कपड़े को ब्रश से रगड़ना और धोना, फिर बाहर उन्हें तार पर सूखने डाल देना...मुझे घर के और रसोई के और भी काम निपटाने हैं।"

सीख : मीच्युअल फ़ंड निवेश बाज़ार के जोखिम के अधीन हैं, कृपया निवेश करने से पहले स्कीम से संबंधित दस्तावेज़ों को सावधानी से पढ़ें।

❋

632. शादीशुदा पुरुषों की परेशानी तो देखो साहब! खुद के साथ-साथ मोबाइल फ़ोन को भी साइलेंट मोड पर रखना पड़ता है।

633. पुरुष "आलू" की तरह होते हैं। किसी भी सब्ज़ी के साथ एडजस्ट हो जाते हैं। और महिलाएं "भिंडी" की तरह होती हैं...अकेले भुनना पसंद करती हैं। शायद इसीलिए भिंडी को अंग्रेज़ी में "लेडीस फ़िंगर" कहते हैं।

❋

634. स्त्री को प्रसन्न रख पाना एक मिथ्या है।

जब तक सीता मैया प्रभु राम के पास थीं उन्हें सोने का हिरण चाहिए था, जब पूरी सोने की लंका चरणों में थी तो प्रभु राम चाहिए थे...!

हे नादान पुरुष, जो काम प्रभु नहीं कर सके, वो तू क्यों करना चाहता है...?

❋

635. एक बार राजा के दरबार में एक फ़क़ीर गाना गाने जाता है। फ़क़ीर बहुत अच्छा गाना गाता है। राजा कहते हैं, "इसे ख़ूब सारा सोना दे दो।" फ़क़ीर और अच्छा गाता है। राजा कहते हैं, "इसे हीरे-ज़वाहरात भी दे दो।" फ़क़ीर और अच्छा गाता है। राजा कहते हैं, "इसे अशरफ़ियां भी दे दो।" फ़क़ीर और अच्छा गाता है। राजा कहते हैं, "इसे ख़ूब सारी ज़मीन भी दे दो।"

फ़क़ीर गाना गाकर घर चला जाता है और अपने बीवी-बच्चों से कहता है, "आज हमारे राजा जी ने गाना गाने का ख़ूब सारा इनाम दिया। हीरे, ज़वाहरात, सोना, ज़मीन, अशरफियां, और बहुत कुछ दिया।"

सब बहुत ख़ुश होते हैं। कुछ दिन बीते फ़क़ीर को अभी तक मिलने वाला इनाम नहीं पहुंचा था...फ़क़ीर दरबार में फिर पहुंचा और कहने लगा, "राजा जी आपके द्वारा दिया गया इनाम मुझे अभी तक नहीं मिला।"

राजा कहते हैं, "अरे फ़क़ीर! ये लेन-देन की बात क्या करता है? तू मेरे कानों को ख़ुश करता रहा और मैं तेरे कानों को ख़ुश करता रहा।"

❋

636. एक चोर-चोरी करके, घर से जा ही रहा था कि...

बच्चे की आंख खुल गई और बच्चा बोला : "स्कूल बैग भी ले जा कमीने वरना शोर मचा दूंगा।"

❋

637. पापा : "बेटा आज तेरी मम्मी इतनी चुप-चुप क्यों बैठी हैं?"

बेटा : "मेरी ग़लती से।"

पापा : "ऐसा क्या किया तूने?"

बेटा : "मम्मी ने लिपस्टिक मांगी थी...मैंने ग़लती से फ़ेवीक्विक दे दी।"

पापा : "जुग-जुग जियो मेरे लाल! भगवान ऐसा बेटा सबको दे।"

❋

638. पप्पू कार धो रहा था तभी पास से एक आंटी गुज़रीं और पूछा, "कार धो रहे हो?"

पप्पू : "नहीं पानी दे रहा हूं, शायद बड़ी होकर बस बन जाए।"

❋

639. मैंने ज़िंदगी में जितना भी सफ़र किया है उससे मुझे एक बात का अनुभव हुआ है कि ट्रेन कभी पंचर नहीं होती।

❋

640. कितना रोया था वो लड़का महबूबा को मोबाइल गिफ़्ट करके...

जब रात 3 बजे तक वो सुनता रहा...आपके द्वारा डायल नंबर दूसरी लाइन पर व्यस्त है।

❋

641. अध्यापिका : "एक दिन ऐसा आएगा जब पृथ्वी पर पानी नहीं रहेगा, सब जीव नष्ट हो जाएंगे, पृथ्वी तबाह हो जाएगी।"

पप्पू : "मैडम जी, उस दिन स्कूल आना है क्या?"

❋

642. पत्नी चांदनी रात में अपनी पति के साथ लेटी थी।

पत्नी : "जानू! तुम्हें मुझमें क्या अच्छा लगता है...?"

पति : "मुझे तुमसे जुड़ी हर चीज़ अच्छी लगती है।"

पत्नी : "जैसे कि बताओ ना...?"

पति : "जैसे तुम्हारी छोटी बहन प्रिया

तुम्हारी मौसी की लड़की शालू

तुम्हारी मामी की लड़की शीतल

तुम्हारी बुआ की लड़की नेहा

तुम्हारे पड़ोसी की बेटी ममता

तुम्हारी सहेली पिंकी!!"

पति के दोनों घुटनों और जबड़े का इलाज चल रहा है।

❋

643. संता : "यार! तेरी और भाभी की जोड़ी तो राम-सीता की जोड़ी है।"

बंता : "कहां यार? ना तो यह धरती में समाती है और ना ही इसे कोई उठाकर ले जाता है।"

❋

644. बीवी : "चलो ना आज संडे है। कहीं बाहर चलते हैं और ड्राइविंग मैं करूंगी।"

पति : "ओह! मतलब जाएंगे कार में और आएंगे कल के अख़बार में।"

❋

645. संता : "कल रात 3 घंटे इंग्लिश पिक्चर की डीवीडी देखी, ना कुछ सीन दिखा ना आवाज़ सुनी।"

बंता : "मूवी का नाम क्या था?"

संता : "नो डिस्क इनसर्टेड।"

❋

646. एक भिखारी ने किसी आदमी से भीख मांगते हुए कहा, "एक रुपया दे दो, एक रुपया दे दो।"

आदमी बोला, "शर्म नहीं आती। सड़क पर खड़े होकर भीख मांग रहे हो?"

भिखारी : "तो क्या तेरे एक रुपये के चक्कर में ऑफ़िस खोल लूं?"

❋

647. मम्मी : "बेटा क्यों रो रहे हो?"

बेटा : "पापा ने मुझे किस नहीं किया।"

मम्मी : "बेटा, आपने पापा को टेबल नहीं सुनाए होंगे?"

बेटा : "काम वाली बाई को कौन से टेबल आते हैं?"

❋

648. सीता जी के वनवास जाने में बहुत बड़ी सीख है :

घर में अगर 3-3 सासें हों तो वनवास ही ठीक है।

❋

649. मैंने बचपन में एक बार मां से कहा, "मां! कचरे वाला आ गया है।" मां ने जवाब दिया, "बेटा! कचरे वाले तो हम हैं, वो तो सफ़ाई वाला है।"

❋

650. कर के अग़वा सास मेरे बॉस की, दी है धमकी डाकुओं ने बॉस को, तुरंत नहीं पहुंचाए अगर 5 लाख, तो छोड़ देंगे हम तुम्हारी सास को।

❋

651. मैं साहिलों पर रहूं फिर भी मुझको प्यास रहे,
ये बद्‌दुआ थी, कि कोई ना मेरे पास रहे,
मगर मैं देता हूं तुझको दुआ तहे दिल से,
कि तेरे घर में तेरे साथ तेरी सास रहे।

❋

652. एक सिंधी ने लॉटरी जीती। पंडित ने कहा कि कुछ भगवान को भी दो, सिंधी ने सारे पैसे हवा में उड़ा दिए और कहा, "भगवान! आपको जितने चाहिए रख लो, और जो नीचे गिरेंगे वो मैं ले लूंगा।"

❋

653. पप्पू अपने पापा से रेड-लाइट एरिया में मिलता है।

पप्पू : "पापा आप यहां?"

पापा : "बस बेटा! अब 200-300 रुपये की चीज़ के लिए तेरी मां के नख़रे नहीं सहे जाते।"

❋

654. आदमी एक ऐसी चीज़ है, जो पेड़ काटता है, फिर पेपर बनाता है, और उस पर लिखता है - "Save trees (पेड़ बचाओ।)"

❋

655. पोता : "दादा जी! आप इतनी ठंड में बाहर बिना पतलून के क्यों बैठे हो?"

दादा : "कल बिना शर्ट के बैठा था तो मेरी गर्दन अकड़ कर कड़क हो गई थी।"

❋

656. बीवी : "आज खाने में क्या बनाऊं?"

पति : "कुछ भी बना लो जो तुम्हारा मन करे।"

बीवी : "नहीं, जो आप कहें।"

पति : "दाल-चावल बना लो।"

बीवी : "अभी कल ही तो बनाए थे।"

पति : "तो छोले-पूरी बना लो।"

बीवी : "छोले-पूरी मुझे अच्छे नहीं लगते।"

पति : "अंडे की भुर्जी बना लो।"

बीवी : "आज वीरवार है।"

पति : "पराठे बना लो।"

बीवी : "रात को पराठे कौन खाता है?"

पति : "होटल से मंगवा लेते हैं।"

बीवी : "रोज़-रोज़ होटल का खाना नहीं खाना चाहिए।"

पति : "कढ़ी-चावल बना लो।"

बीवी : "दही नहीं है।"

पति : "इडली सांभर बना लो।"

बीवी : "उसमें टाइम लगेगा, तुम्हें पहले बोलना चाहिए था।"

पति : "मैगी ही बना लो, उसमें टाइम नहीं लगेगा।"

बीवी : "वो कोई खाना थोड़े है। उसमें पेट भी नहीं भरेगा।"

पति : "फिर अब क्या बनाओगी?"

बीवी : "जो आप कहो।"

657. चोर आया, तिजोरी पर लिखा था : "तोड़ने की ज़रूरत नहीं है बटन दबाओ, खुल जाएगी।" बटन दबाते ही पुलिस आ गई।

पुलिस (चोर से) : "तुमको अपनी सफ़ाई में कुछ कहना है।"

चोर : "मां क़सम! आज से इंसानियत से विश्वास उठ गया है।"

❋

658. डॉक्टर : "आपकी बीवी अब सिर्फ़ 2 दिन की मेहमान है, आई एम सो सॉरी।"

संता : "इसमें सॉरी की क्या बात है डॉक्टर साहब? निकाल लेंगे ये दो दिन भी, जैसे-तैसे करके।"

❋

659. एक सरदारनी बेहोश हो गई।

डॉक्टर : "ये मर गई है..."

जब उसको जलाने लगे तो वह उठ बैठी और बोली : "मैं ज़िंदा हूं!"

सरदार : "चुपचाप पड़ी रह गंवार! तू डॉक्टर से ज़्यादा जानती है क्या?"

❋

660. संता : "अगर ऑपरेशन के दौरान मुझे कुछ हो जाए तो उसी डॉक्टर से शादी कर लेना..."

बीवी : "ऐसा क्यों कहते हो जी?"

संता : "तो क्या उस डॉक्टर को माफ़ कर दूं??"

❋

661. पति : "मुझे अजीब सी बीमारी हो गई है...जब मेरी बीवी बोलती है तो मुझे कुछ सुनाई नहीं देता..."

हकीम : "माशाअल्लाह! यह बीमारी नहीं। तुम पर अल्लाह की रहमत हुई है।"

662. यह दुनिया गोल है। यक़ीन नहीं आता तो देखो :

चूहा बिल्ली से डरता है, बिल्ली कुत्ते से डरती है, कुत्ता आदमी से डरता है, आदमी बीवी से डरता है, और बीवी चूहे से डरती है!

❋

663. संता अपनी गर्लफ्रेंड को 'आई लव यू' कहते हुए गिर जाता।

'आई लव यू' कहता और फिर गिर जाता।

गर्लफ्रेंड : "यह क्या कर रहे हो?"

संता : "I am falling in love."

❋

664. एक सरदार जी बीवी को सरप्राइज़ देने के लिए अपनी दाढ़ी कटवा कर रात को चुपके से सो गया। नींद में जब बीवी ने हाथ फेरा तो बोली, "गुप्ता जी! आप कब आए?"

❋

665. एक दिन सरदार ने बहुत सुंदर लड़की देखी और देखकर सोचने लगा...

बहुत सोचा...क्या सोचा...??

काश! ये मेरी मां होती तो मैं भी कितना सुंदर होता।

❋

666. संता एक दिन बर्फ़ का टुकड़ा हाथ में लेकर ध्यान से देख रहा था, किसी ने पूछा, "क्या देख रहे हो?"

संता : "देख रहा हूं कि ये लीक कहां से हो रहा है!"

❋

667. 2 सरदारों को 2 बम मिले।

पहला सरदार : "चल पुलिस को देकर आते हैं।"

दूसरा सरदार : "अगर कोई बम रास्ते में ही फट गया तो?"

पहला : "झूठ बोल देंगे कि एक ही मिला है।"

❋

668. पहला सरदार : "ओए! अगर नींद ना आए तो क्या किया जाए?"

दूसरा सरदार : "नींद का इंतज़ार करना चाहिए।"

पहला : "नींद का इंतज़ार करने से अच्छा है कि बंदा सो ही जाए।"

❋

669. एक सरदार रेल की पटरी पर सो गया। एक आदमी ने कहा, "क्या कर रहे हो? रेल आएगी तो मर जाओगे।"

सरदार : "मेरे ऊपर से हवाई जहाज गुज़र गया, तो कुछ नहीं हुआ, रेल क्या चीज़ है?"

❋

670. पुलिस : "तुम्हें कल सुबह 5 बजे फांसी दी जाएगी।"

सरदार : "हा, हा, हा, हो!"

पुलिस : "क्यों हंस रहे हो?"

सरदार : "मैं तो उठता ही सुबह 9 बजे हूं।"

❋

671. नेपोलियन कहता था : "मेरी डिक्शनरी में इम्पॉसिबल (असंभव) शब्द नहीं है।"

संता : "अब बोलने से क्या फ़ायदा? जब ख़रीदी थी तब ही चेक करना था ना।"

672. पप्पू : “सरदार जी! जब आपको गर्मी लगती है तो आप क्या करते हैं?”

सरदार : “एसी के पास जाकर बैठ जाता हूं।”

पप्पू : “अगर फिर भी गर्मी लगे तो?”

सरदार : “तो एसी ऑन कर लेता हूं।”

❋

673. जज : “संता के दोनों कान काट दो।”

संता : “नहीं-नहीं जज साहब, मैं अंधा हो जाऊंगा।”

जज : “कान काटने से अंधे कैसे होगे?”

संता : “चश्मा क्या तेरे बाप के कान पर टांगूंगा?”

❋

674. आदमी : “बेड मज़बूत बनाना, मुझे बहू के साथ सोना है।”

बढ़ई : “ऐसा मज़बूत बेड बनाऊंगा कि सारा मोहल्ला बहू के साथ सोएगा तो भी नहीं टूटेगा।”

❋

675. एक बेहद काले रंग का लड़का कहता है :

“कौन कहता है कि सोहबत का असर होता है,

हम तो हसीनाओं में रहते हैं, पर हसीन ना हुए।”

❋

676. बंता : “तू हर एसएमस मुझे 2 बार क्यों भेजता है?”

संता : “वो इसलिए कि अगर तुझे एक फ़ॉरवर्ड करना हो तो दूसरा तेरे पास रहेगा ना।”

677. तलवारबाज़ी के खेल में चाइनीज़ ने संतरा उछाला और तलवार से उसे हवा में काट दिया।

जापानी ने अंगूर उछाला और हवा में उसके 2 टुकड़े कर दिए।

रजनीकांत ने एक मच्छर उड़ाया और तलवार घुमाई, लेकिन मच्छर उड़ गया।

जज : "ये क्या मच्छर तो उड़ गया।"

रजनीकांत : "उड़ तो गया लेकिन कभी बाप नहीं बन पाएगा!"

❋

678. सती-सावित्री ने अपने पति को यमराज से भी छीन लिया था।

सीख : बीवी से आपको भगवान भी नहीं बचा सकता।

❋

679. प्यार भी अजीब चीज़ है।

मन से हो तो पूजा, पिता से हो तो इज़्ज़त, भाई से हो तो विश्वास, बहन से हो तो फ़र्ज़, पर बीवी से हो तो सब कहते हैं नालायक़ "जोरू का गुलाम।"

❋

680. लालू को अमेरिका में मिली नौकरी!

Laloo sent his BioData 2 apply 4 a post in Microsoft USA. Few days later he got this reply :

"Dear Mr. Laloo Prasad, You do not meet our requirements. Please do not send any further correspondence. No phone call shall be entertained. Thanks.

Bill Gates."

लालू प्रसाद यह जवाब पाकर खुशी से उछलने लगे और उन्होंने एक प्रेस कॉन्फ़्रेंस आयोजित की :

"भाइयों और बहनों! आपको जानकर ख़ुशी होगी कि हमको अमेरिका में नौकरी मिल गई है।"

यह सुनकर हर कोई खुश हो गया, लालू आगे बताने लगे : "अब हम आप सबको अपना अपॉइंटमेंट लैटर पढ़कर सुनाऊंगा, पर लैटर अंग्रेज़ी में है इसलिए साथ-साथ हिंदी में ट्रान्सलेट भी करूंगा। Dear Mr. Laloo Prasad - प्यारे लालू प्रसाद भइया। You do not meet - आप मिलते ही नहीं हो। our requirement - हमको तो ज़रूरत है। Please do not send any further correspondence - अब लैटर-वैटर की कोनो ज़रूरत नहीं है। No phone call - फ़ोन की भी ज़रूरत नहीं है। shall be entertained - बहुत ख़ातिर की जाएगी। Thanks - आपका बहुत-बहुत धन्यवाद।

Bill Gates - तोहार बिलवा..."

❋

681. आदमी : "सर! मेरी बीवी गुम हो गई है।"

पोस्टमास्टर : "भाई ये पोस्ट ऑफ़िस है, आप पुलिस स्टेशन में जाकर एफ़आईआर लिखवाइए।"

आदमी : "क्या करूं, ख़ुशी के मारे कुछ समझ नहीं आ रहा।"

❋

682. संता ने अपनी गर्लफ़्रेंड के कंधे पर हाथ रखा और बहुत धीरे से बोला, "आई लव यू।"

गर्लफ़्रेंड : "ज़ोर से बोलो।"

संता : "जय माता दी!"

❋

683. अपनी बीवी को 100% अपनी कमाई देने पर 20% सुख मिलता है। दूसरे की बीवी को 20% अपनी कमाई देने पर 100% सुख मिलता है।

❋

684. कड़क रवैया :

बॉयफ्रेंड ने मैसेज किया : "मेरी फ़ोटो वापस दे दो, मुझे नई गर्लफ़्रेंड मिल गई है।"

गर्लफ़्रेंड ने 30 फ़ोटो भेजकर लिखा : "इनमें से ढूंढ़ लेना मुझे तो तेरी शक्ल भी याद नहीं है।"

❋

685. लड़का : "तुम लड़की होकर शराब पीती हो?"

लड़की का शानदार जवाब!

"तो क्या 2-4 पैग के लिए अब जैंडर चैंज करवा लूं?"

❋

686. वोद्का पी रही पत्नी ने पूछा, "तुम कौन हो?"

पति : "पागल हो गई हो क्या? अपने पति को भूल गई?"

बीवी : "नशा हर ग़म को भुला देता है, भाई साहब!"

❋

687. टीचर : "नाड़े को अंग्रेज़ी में क्या कहते हैं?"

संता : पी.एच.डी.।

टीचर : "क्या???"

संता : "पजामा होल्डिंग डिवाइस।"

❋

688. डॉक्टर : "आपकी एक किडनी फ़ेल हो गई है..."

संता (पहले तो बहुत रोया, फिर आंसू पूछते हुए पूछा) : "कितने नंबर से???"

❋

689. संता शराब पीते-पीते रोने लगा...

बंता : "क्या हुआ? क्यों रो रहे हो?"

संता : "यार! जिस लड़की को भुलाने के लिए पी रहा हूं उसका नाम याद नहीं आ रहा।"

❋

690. संता : "यार बंता, हम दोनों में क्या रिश्ता है?"

बंता : "जो बेसन और पकौड़े का है।"

संता : "वो कैसे?"

बंता : "क्योंकि जब बेसन संता है तभी तो पकौड़ा बंता है।"

❋

691. टीचर : "बेटा बताओ कि ब्रिटानिया टाइगर बिस्किट में जो ग्रीन डॉट है, उसका मतलब क्या है?"

पप्पू : "इसका मतलब है कि टाइगर ऑनलाइन है।"

❋

692. ज़बर्दस्त हिट :

संता का इंटरव्यू : "बताओ वह कौनसी औरत है जिसको 100% पता होता होता है कि उसका पति कहां है?"

संता ने अपना ख़तरनाक दिमाग़ लगाया और बोला, "विधवा औरत को।"

❋

693. रावण को कोर्ट में लाया गया और कहा : "गीता पर हाथ रखो।"

रावण बोला : "पहले सीता पर हाथ रखा तो इतना फ़साद हुआ, अब गीता पर..."

www.ingramcontent.com/pod-product-compliance
Lightning Source LLC
LaVergne TN
LVHW060615051026
849519LV00002B/615
* 9 7 8 9 3 8 7 3 8 3 9 9 9 *

698. नेपाली को चिराग़ मिला, चिराग़ रगडा, जिन ने कहा, "कि 3 विश बताओ?"
नेपाली : "1. एक बहुत बडा बंगला।
2. उसमें खूब दौलतमंद लोग।
3. मुझे उसमें चौकीदार लगवा दो।"

699. Santa found his wife affair with a guy. He decided 2 kill himself and his wife. अपने कान पर बंदूक़ लगाई और वाइफ़ से बोला "ख़ुश मत हो अगला नम्बर तेरा है।

❋

700. 'कोलबंस' अगर शादी-शुदा होता तो कभी अमेरिका की खोज़ नहीं कर पाता, क्यों कि :

1. कहां जा रहे हो।
2. क्यों जा रहे हो।
3. किसके साथ जा रहे हो।
4. मैं भी चलूंगी।
5. वापस कब आओगे।
6. घर रह कर ही खोज कर लो।
7. मेरी माँ को भी ले जाओ।
8. मेरे लिए क्या लाओगे।
9. वापस में सब्ज़ी लेते हुए आना।
10. पहुंच कर फ़ोन करना।
11. तुम ही क्यों हर बार खोज करते हो? कोई और क्यों नहीं कर सक्ता।

❋

694. पत्नी : "जानू! इस वेलेंटाइन डे पर आप मुझे क्या दोगे?"

पति : "सफ़ेद गुलाब।"

पत्नी : "लेकिन हर बार तो आप मुझे लाल गुलाब देते हो?"

पति : "डार्लिंग! पहले मैं तुमसे प्यार की आशा रखता था और अब शांति की आशा रखता हूं।"

❋

695. Who are Men ?

वो जो नर्क में भी मिले तो कहे "अबे!! यमराज की बीवी देखी ?? आग है आग"!!

Who are Women?

वो जो स्वर्ग में भी मिले, तो कहे "अप्सरा देखी... No Dressing Sense at All

❋

696. Facebook - मैं सबको जानता हूँ।

Google - मेरे पास सब कुछ है।

Whatsapp - मैं सब की जान हूं।

Internet - मेरे बिना तुम सब कुछ भी नहीं हो।

Charger - आवाज़ नीचे।

❋

697. Santa in the court (said) : बच्चपन में अगर माँ की बात सुनी होती तो आज यह दिन नहीं देखना पड़ता।

जज : क्या कहती थी माँ ?

संता : जज साहब आप भी कैसी बात कर रहे हो, जब बात ही नहीं सुनी तो कैसे बताऊं क्या कहती थी माँ।